わたし、わかんない

岩瀬成子
Iwase Joko

講談社

わたし、わかんない

装画　酒井駒子
装丁　岡本歌織（next door design）

1

ハハが歌をうたってる。ハハはふだん、料理をするときに歌をうたったりしない。わたしの知らない歌。ずっと昔の、わたしが生まれていないころにはやった歌みたい。

「そのとき、ハハ、何歳《なんさい》だったの」

ハハはうたうのをやめ、わたしをふり返った。

「そのときって、どのとき」

「その歌がはやってたとき」

「え、歌って？　あたし、歌なんかうたってないよ」

ハハはフライパンをゆする。焼けたベーコンの匂《にお》いが部屋にみちる。

「ベーコン、何枚《なんまい》ずつ焼いたの」

ハハの背中《せなか》にいう。

「二枚、もちろん」

ハハはトマトを輪切りにし、レタスの水を切って、玉ネギをうすくスライスする。

トースターが鳴った。ハハが作っているのはBLT。わたしはBLTがだいすき。

「三枚ずつにしてほしかったけど」

「そうね。いつかそうする。でも、いまはだめ。倹約《けんやく》しなくちゃ」

「わかってる。わたし、BLTが食べもののなかで一番すきなんだよ」

ハハはトーストにマーガリンをぬり、レタス、トマトを重ね、マヨネーズをたっぷりと広げる。

「中《なか》は、まえは堅《かた》やきそばが一番すきっていってなかった？」

「いった」

「トンカツが一番すきっていうのもきいた」

「いった、たしか」

「からあげも」

ハハはテーブルにBLTサンドイッチのお皿と、アボカドとゆでたまごのサラダが入ったボウルを並《なら》べた。

「オムライスが一番、ともいってたよ」

「サラダのなかじゃ、アボカドとゆでたまごのサラダが一番すき」

「そうなの？　だけど『一番』を安売りするのはみっともないよ。なんていうか、ものごとを深くかんがえない子だとおもわれるよ」

ハハとわたしはテーブルについた。

ハハがＢＬＴを大きくひと口がぶりとやったので、わたしもあごがはずれるくらいに大きく口をあけて、サンドイッチにかぶりついた。

「あ、雨だ」

ハハがいった。キッチンペーパーで口をぬぐってから。

わたしは耳をすます。雨の音なんかきこえない。

「ふってないよ」

「ふってる、細かな雨が」

ハハは顔を窓《まど》のほうにむけ、じっと耳をすましている。

「ふってないよ」

わたしは立って窓のところに行き、あけて外を見る。雨はふっていない。暗闇《くらやみ》に目をこらしても、細かい雨もふっていない。

「ふってない」

窓をしめながらハハを見ると、ハハはふたたびBLTに挑《いど》んでいた。

ハハにはときどき雨の音がきこえるみたい。トイレに行きながら「雨だ」というときもあるし、お風呂《ふろ》からあがって髪《かみ》をふきながら「雨になったね、やっぱり」というときもある。雨はふっていないのに、雨の音がハハの耳にはときどききこえるらしい。どこか遠くでふっている雨の音が。

「きょうは持丸《もちまる》さんのはなしをしないんだね」

わたしはいった。

晩《ばん》ごはんのとき、ハハはよく会社のはなしをするから。いい記事が書けなかったとか、いい写真がとれなかったとか、むかいの席の持丸さんからこっそり大きいシュークリームをもらったけど、かくれてたべるのがたいへんだったとか。社長夫人から「廊下《ろうか》にゴミがおちてる」としかられたとか。

「ハァ」

息をはいてから、

「なさけないはなしばっかりしたくないもん」

と、ハハはいった。

「わかるけど」

「きょう、取材で会った人はとてもすてきな方だったの。短歌を詠《よ》みはじめて六十年ですって。短歌を詠んできたから、毎日のことをおろそかにせずにすんだ気がするっておっしゃるの。若《わか》いときは、なんとかしていい歌を作ろう作ろうとして、言葉をむりやりさがしていたけれど、いまは言葉が自然に体のなかからわいてくるんですって。人からほめられたいという気もちも、いつのまにか消えました、って。すてきだとおもわない？　あたしもそうなりたいもんだわ」

ハハは二か月まえから小さい新聞社で働きはじめた。明和新報《めいわしんぽう》という新聞をだしているんだけど、読者は千五百人か二千人くらいしかいないみたい。だから、どうしてもその人たちが関心をもちそうな記事ばかりふえて、市内のできごとや、市内に住んでいる人についての記事が中心になるらしい。新聞に自分のことがのっているのを知った人たちは、よろこんで明和新報のあたらしい購読者になってくれるんだって。だから、そんなこともねらっての編集方針《へんしゅうほうしん》かもしれない。というのはハハがいっていたこと。

「言葉が体のなかからわいてくるって、どういうこと」

「言葉をひねくりまわしてばかりいちゃ、だめってこと」

「ひねくりまわす、も、わかんない」

「作文を書くとき、中はどんなふうに言葉をえらぶの」

　わたしはちょっとかんがえる。

「さいしょ、ちょっと心配になるの。わたし、書きたいことがあるのかな、って。それから、一つのことだけ書いたほうがいいのかな、それとも二つのことを書いたほうがいいのかな、とかんがえたりもする。かんがえて、かんがえてから書きはじめるのに、書いてるとちゅうで、わたし、こんなことが書きたかったわけじゃない、って気がつくんだよね。だから作文はきらい」

「あたしもきらいだったの、こどものとき」

　わたし、びっくりする。だって、ハハは作家なの。童話を書いていて、本を三冊《さつ》もだしている。

「童話作家なのに？　どの本もおもしろかったよ」

「ありがとう。でも、まだまだなんだよね。いい文章が書けないもん」

「いい文章だとおもうよ。あんなおもしろい本が書ける人はいないよ」

「ううん、ちがうの。世のなかには、すばらしい作家がいっぱいいるのよ。あたしもいい作家になりたいけど、とてもじゃないけど、まだまだなんだ。それに、あたしの本は売れないし」

「わたしはハハが一番だとおもってる」

「『一番』の安売りはだめ」

ハハは立ちあがって、テーブルのものを片《かた》づけはじめた。

わたしのチチとハハは三か月まえに別居《べっきょ》しちゃったの。わたしはそんなことが起きるなんておもっていなかったから、とってもおどろいた。「別居」って言葉も知らなかったんだよね。離婚《りこん》じゃなくて、別々に暮《く》らすって意味なんだけど。

「ごめんね、こんなことになって」と、チチはわたしにいったし、ハハも「ごめんね」と、わたしにいった。

「うん」としか、わたしはこたえられなかった。だけど、ごめんね、ですむ問題じゃないよ、とおもってた。いまもおもってる。

そのあとすぐ、ハハは「経済的理由《けいざいてき》」から仕事をさがしはじめ、いまの仕事を見つけた。

新聞にはさんであった広告のなかに明和新報の「印刷助手募集《ぼしゅう》」の小さいお知らせ記事を見つけて、助手ならできるかもしれない、とおもったハハは、新聞社にでかけて面《めん》接《せつ》を受けたの。すると、「本を書いているのなら記事も書けるんじゃないかね」ときかれ、「書けます」とこたえたら、新聞記者として採用《さいよう》されたんだって。

ねえ、どうして別居することにしたの、とわたしはききたい、すごく。すごくききたいけど、まだきけない。ほんとうのことをこたえてくれずに、ごまかされるのはいやだし、それ以上に、ほんとうのことをきかされて、それが「ほんとうは離婚するつもりなの」だったら、それこそいやだから。

「じゃあね、中。むりすんなよ。いつでも会いに来ればいいからさ。大歓迎《だいかんげい》だから。それに電話でもはなせるしね。ケータイ、買ってあげようか？　ママがオッケーしてくれれば、だけどね。パパは中を応援《おうえん》してるよ。ずっと、死ぬまで応援してる」

それがパパの別れの言葉だった。

そういうとパパはソファから立ちあがり、ダウンジャケットを着て帽子《ぼうし》をかぶった。

それから大きいリュックをもって部屋をでていった。家の前に止まっていた車の運転席にはママが乗っていて、パパは後部座席《ざせき》に乗りこんだ。窓をあけて、パパはわたしにむかってうなずき、手をあげた。

それからママはパパを港まで送っていった。港でパパはフェリーに乗りこみ、王子島《おうじしま》に渡《わた》っていったんだ。王子島はパパのふるさとなの。

パパを送ってから家に帰ってきたママがさいしょにいったのは、「これからあたらしい生活がはじまるんだから、ママ、パパは、もうおしまいにしよう。ママはハハ、パパはチチと呼《よ》んでね。これまでどおり『ママ』って呼ばれると、そのかげにパパがいるような感じがつきまとうから」だった。

「えーっ」と、おもわずわたしはいったけど、すぐ「わかった、そうする」ってこたえたよ。だって、ちょっとママを、じゃなくて、ハハをはげましたかったから。

「あたらしい生活って、ママはパパを港に送っていった日にいったけど、どういう意味だったの。二人暮らしになったってこと?」

流し台でお皿を洗《あら》っているハハのそばに立って、きいた。

「あ、ママ、パパっていった」

ハハがいった。お皿を水ですすぎながら。

「ハハでした。ね、どういう意味」

「あたらしく生きることは大事でしょ、いつでも。過《す》ぎ去《さ》ったことにとらわれていると、後悔《こうかい》する気もちがでてきちゃうでしょ。後悔は人を苦しくするもん」

「反省は？」

「たぶん反省は大事よ。理性的《りせいてき》だもん」

「理性的って？」

「しっかりかんがえるってこと」

「ふうん。わたし、ぜんぜん理性的じゃないよ。まだこどもだもん」

「こどもでも理性的にはなれるよ。おとなでも理性的じゃない人はいっぱいいる」

「かんがえてみる」

わたしはハハのそばをはなれた。窓のところに行って、窓をあけてみたら雨がふっていた。弱い雨が。庭のいろんな葉っぱにあたる雨の音をしばらくきいていた。

「雨がふってるよ」

わたしはいった。

ハハはわかってるって顔をしてうなずいた。それから、

「あー、どうしてものみたい気分だ。一杯《ぱい》だけのんじゃおうか」

といった。

「どうぞ」

「よし」

ハハは戸棚《とだな》からボヘミアングラスを取りだすと、冷凍庫《れいとうこ》の四角い氷を何個《なんこ》か入れ、ウイスキーをそそいだ。それからテーブルのいすを引いて腰《こし》をおろし、グラスにそっと口をつけた。

「う、うう」

ハハはうなった。

「おいしいの？」

「おいしい。罪《つみ》の味」

「え、どんな味」

「いけないとわかってることをすると、その気もちが味に加わるのよ」

わたしは首をかしげた。

ハハはまえはタバコもすっていた。パソコンにむかって童話を書きながら、タバコを何本もすっていた。だけど、チチが家をでていったその日に、タバコをすうのをやめたの。そのことと、「これからあたらしい生活がはじまる」とハハがいったことは関係があるのかもしれない。そのあとしばらくして「お酒をのむのもやめることにした」とハハは宣言《せんげん》した。わたしはパチパチと拍手《はくしゅ》した。わたし、おとながお酒をのんだり、タバコをすったりするのがすきじゃない。どうかんがえても、そんなことをする意味があるようにはおもえないから。

だけどハハは、きっぱりとはお酒をやめられなかったみたい。ときどき、「あー」といったり、ため息をついたりしたあと、「一杯だけのむ。のむしかない」とウイスキーボトルを見つめながらいって、それからわたしのほうをむいて、「ね」というの。わたしは「どうぞ」という。

ハハがつまんでいるチョコレートを一個もらう。ビターチョコ。

「おとなの味ってつまんないね」

「そうね。でも、悪くないよ」

ハハはチリンと氷の音をさせてグラスを口にもっていった。

2

「ここ、人が住んでいないね」

わたしがいうと、先をあるいていたセンくんは立ちどまって、ふり返った。わたしが指さしている家をじろじろ見て、

「かも」

という。

わたし、あき家を見つけるのが得意なの。なんとなく、わかるんだ。一階の部屋の雨戸がしまっていたり、庭だけでなく玄関《げんかん》の前にも草が伸《の》びていたり、新聞受けにチラシなんかがつまっていたりすると、あき家かな、とおもう。お天気がいいのに洗濯物《せんたくもの》がなにも干《ほ》されていなかったり、あるべき場所にプロパンガスのボンベがなかったり、それよりなにより、家が息をしていないっていうか、死んでる感じがする。

「将来《しょうらい》、あき巣にでもなるつもり？」

センくんはわたしが追いつくのをまってから、いった。

「ならないよ」

「素質《そしつ》あるとおもう」

「どろぼうの素質なんて、あってもうれしくない」

センくんと並《なら》んであるきはじめる。

センくんは千之介《せんのすけ》って名前なの。うちのとなりに住んでいて、一つ上で五年生だけど、ちっちゃいときからずっと「センくん」て呼《よ》んでいるから、いまさらあらためられないんだ。ときどき「千之介」って、いっちゃうときもあるけどね。

「学校では、ぜったい『センくん』て呼んじゃだめだからね」とセンくんにいわれている。「『茶川《ちゃがわ》くん』って苗字《みょうじ》で呼んでくれれば、なおいいけど」って。「なおいい」なんて、センくんはときどき、おとなみたいな言葉をつかうんだよね。

「それより、ぼく、あやしいやつを見つけたんだ」

センくんは傘《かさ》をぶらぶらさせていう。

「きょうは雨ふらないよ」

わたしがいうと、

「ところにより一時雨なんだよね」

と、センくんはこたえた。センくんはいつも「ぼく、あらゆる危険《きけん》に対して人一倍敏《びん》感《かん》だから」といっている。雨が危険なものなのかどうか、わたしにはわからないけど。

「あやしいやつって？」

センくんはあやしいやつを目ざとく見つける人なの。まえに「なんであやしいってわかるの」ときいたら、「それはね、なんとなくだよ。第六感。大事なのは勘《かん》だから」っていっていた。

「誘拐犯《ゆうかいはん》かもしれないんだ」

「危険じゃん」

「そう。すごい危険人物」

「どこにいたの」

「スーパーたんぽぽの裏《うら》」

「センくん、スーパーの裏まで、わざわざあやしい人をさがしに行ったの？」

センくんって呼んじゃったけど、ここはまだ通学路だからオッケーなの。

「あやしいとおもったから、こっそり男についていったんだ。そしたらスーパーの裏に行って、右を見て左を見て、それからケータイになにか打ちこんでた」

「それのどこがあやしいの」

「だってね。そのまえに、スーパーの前のガチャガチャのところにいた小さい女の子をじっと見つめてたんだ」

「いやな感じ」

「すごくいやな目つきだった」

「それからどうなったの」

「ケータイをポケットにしまって、それからスーパーの表側にもどって店に入っていった。あとをつけたら、そいつ、鶏肉《とりにく》のパックと、うどん二袋《ふたふくろ》、チューブ入りわさびと、レーズンチョコを一箱買った」

「ぜんぜんあやしくないね。そのとき、ガチャガチャの女の子はどこにいたの」

「もういなかったよ。親の車で帰ったんじゃないかな」

「じゃあどうやって、その人はその女の子を誘拐できるの」

「そこはまだわかんない。いまはターゲットをしぼってるだけかもしれないし」

学校が見えてきた。おもわずため息がでた。

「中《なか》ちゃんは学校が近づいてくると、いつもため息をつくね」

傘をふりまわしながらセンくんはいう。空は青く晴れわたっている。

「だって、いやなんだもん、学校」

「学校がすきな人って、いる?」

「ほかの子の五倍ぐらい、あー十倍かな。それぐらい、いや」

「ぼく三倍」

校門に着いて、おもいきり大きいため息をつくと、センくんもため息をついた。わたしにつきあってくれたのかもしれないけど。

じゃあ、といって、センくんはかけだした。

校舎《こうしゃ》を見あげると、二階の窓《まど》から女の子が体を半分のりだして、いまにも飛びおりようとしていた。また、あの子だ。

(あー)

声にはださずにさけぶ。

(飛んじゃだめ)

髪《かみ》に黄色いリボンをむすんでいるその子にむかってさけぶ。

その子が上のほう、空のほうをむいてなにかさけんだ。髪の毛がゆれる。

わたし、ぎゅっと目をとじた。

背中《せなか》をどんと、たたかれた。

ふり返ると、おなじクラスの川床《かわどこ》さんが立っていた。

「お祈《いの》りしてるの？　学校に」

川床さんはわらっている。

わたしは頭をふって、二階のあの窓を見る。窓はしまっていた。

毎朝、校門に立って校舎を見ると、窓にあの子が見える。いつから見えるようになったんだろう。四年生になってからかな。見たくない、こわい、とおもうのに、どうしてもあの窓を見てしまう。

チャイムが鳴りはじめた。

「行こう。遅刻《ちこく》しちゃうよ」

川床さんにいわれて、しかたなくわたしも走りだした。後ろから走ってきた子たちが、つぎからつぎにわたしを追いぬいていく。

これからまた学校にとじこめられるんだ。胸《むね》のなかが暗くなる。はやく放課後にならないかなあ。暗い口をあけている昇降口《しょうこうぐち》にのろのろむかうしかなかった。

ハハはさっきからケータイで話している。相手は持丸さん。「そうね」「そうね」と、ハハは相槌《あいづち》ばかりうっている。持丸さんはよくハハに電話してくる。週に三回くらい。会社で毎日会っているのに、家に帰ってからもケータイで話さなきゃいけないことがあるなんて、どうしてなんだろう。

「うん、わかった。また都合のいいときに、ぜひ」

そういって、ハハは電話を切った。

「ねえ、どうして」

「え、なんのこと」

わたしはきいた。

「会社できょうも会ってたんでしょ。会社では持丸さんとはなしができないの？　ハハの前の席にすわってるんだよね」

「持丸さんは悩《なや》みが多い人なの。会社じゃ悩みなんて話せないでしょ」

「たとえばどんな悩み」

「持丸さんはずっと、会社をやめようか、どうしようかと悩んでるみたい」

「そうなの」

「それから、持丸さんはお母さんと二人暮《ふたりぐ》らしなんだけど、家をでて一人で暮らしたいんだって。そのことをお母さんにどう切りだしたらいいか、そのことも悩んでるんだって」

「ふうん」

わたしは、チチが家をでていった日、玄関をでたところでチチがふり返って、わたしにむかって大きくうなずいたことをおもいだした。チチはなにかいおうとして口をひらきかけたけど、なにもいわなかった。

「そのほか、いろいろ。持丸さん、うちに遊びに来たいんだって。ゆっくり悩みをきいてほしいんだって」

「だから、都合のいいときに、っていったんだ」

「そう」

ハハは読みかけの本に目をおとした。わたしはハハのむかいで算数の宿題をやりかけていた。

「ねえ、どうして悪い人はこどもを誘拐するの」

わたしはきいた。

「なに。どうしたの。もしかして中、知らない男の人になにかいわれたの」

ハハの顔がこわばった。

「ううん、わたしじゃない。あやしい男の人がスーパーたんぽぽの裏にいたんだって」

「こわいわねえ。知らない人に話しかけられても、ぜったい返事をしちゃだめ。走ってにげなさい」

「道をきかれても？」

「だめだめ。そういうのは罠《わな》だから」

「けがをして動けなくなってる人だったら？」

「だれか、おとなを呼びなさい」

「知ってる子のおとうさんだったら？」

「そういうのが一番あぶない。だまそうとしてるのよ」

「悪くない男の人もいるよ」

「そんなの、こどもには見わけられないよ」

「どうすればいいの」

「にげるの。知らない男の人が近づいてきたら、にげる」

「追いかけてきたら？」

「こわいことをいうのね。大声でだれかを呼ぶの」

「近くに人がいなかったら？」

「そんな場所に行っちゃだめ」

「だんだん、こわくなってきちゃったよ」

「一人でふらふら知らないところへ行っちゃだめ。おとなの男は信用しちゃだめ」

「おとなの男って？」

「そうねえ。ま、十五歳《さい》以上かな」

「え、そうなの？　ねえ、世のなかって、そんなに危険なの？」

「そう。残念だけど。人間の心のなかには悪いことがまじりこんでるからね。本人も気づかないうちに。用心にこしたことはないの」

わたしはため息をついた。深く。

「こわがらせすぎた？」

と、ハハはいった。

わたしは首をふって、もう一度ため息をついた。

「なに、そのため息は」

「わたし、学校がいやなの」

わたしはいった。こんなことをハハにいうのははじめてだった。

「そりゃ、いやなこともあるでしょ」

「押《お》し寿司《ずし》ってあるよね」

どうしてそんなたとえがでてきたのか、自分でもわかんないけど、そういった。

「ん？」

「ああいう感じ。型にはめられて、ぎゅうぎゅう押さえつけられる感じ」

「学校が？」

わたしはうなずく。

こんどはハハがため息をついた。

「そうかあ」

わたしはうなずく。

ハハは腕《うで》をくんで天井《てんじょう》を見あげた。

「やっかいですねえ」

「うん。でも、まだだいじょうぶだよ、たぶん」

ハハはわたしをちらっと見て、

「いままでずっと、むりして学校に行ってたの？」

ときいた。

「朝、家をでたら、行くしかないじゃん。センくんが電信柱のところでまってるし」

「まってなかったら？」

「電信柱のところで止まっちゃってるかも」

ハハはわらった。

わたしもわらった。だけど、毎朝校門に着くと、校舎の二階の窓からおちかけてる女の子が見える、ってことは話さなかった。

3

「元気かい。毎日たのしく暮《く》らしてる？」

と、チチはきいたあと、

「で、ママはあたらしい童話を書いてるの？」

ときいた。

「あのね、ママじゃなくて、ハハ」

と、わたしはいう。

「そうだった、そうだった。おれはまだ過去《かこ》を引きずってるね」

チチは電話のむこうでわらう。

「書いてるんじゃないかな。晩《ばん》ごはんのあと、ノートパソコンになにか打ちこんでるもん」

「えらいなあ。がんばってるね」

「うん。えらいよ」

そういってから、ハハと別居《べっきょ》するまえにハハにそういってあげればよかったのに、とおもう。ハハとチチはときどきけんかをしていたの。わたしのいないところで。いない、と二人がおもっているだけで、わたし、部屋の外でそっときいていたことがある。

ハハが「すこしは、ねぎらってくれてもいいんじゃないかな」ってチチにいうと、「かんしゃしてます」ってチチはいったんだけど、気もちがこもっていないのが、わたしにもわかるいい方なんだ。

そのまえに、チチが「日曜日が仕事だってことはわかってるだろ。ちょっとおそく帰ったくらいで文句《もんく》をいわれたんじゃ、たまんないよ」っていって、「会社勤《かいしゃづと》めしていない人にはわかんないの。いろいろあるんだよ」っていったから、ハハはたぶん気を悪くしたんだとおもう。

そのまえには、「あたしだって用事はたくさんあるし、童話を書く時間だってそんなに取れないのよ。晩ごはんが一品だけだからって不満をいわれたら、がっかりしちゃう」ってハハがいったこともある。そのときのハハの声はおこっている声だった。

ちょっと声が高くなるの、おこると。その日の晩ごはんはカレーライスだったんだよね。それまでも、ハハがチチに「晩ごはん、なにがいい」ってきいて、チチが「簡単《かんたん》なものでいいよ。カレーでも」っていうと、ハハは「カレーは簡単じゃありません。わかってないなあ」っておこったことがあったの。

「ハハはタバコをすってないの?」

と、チチはきく。

「すってない」

「えらいなあ。お酒ものんでないの?」

「うん」

わたし、ちょっとうそをついた。ときどきのんでるっていうと、つげ口するみたいな気がしたから。つげ口はしたくない。

「えらいなあ」

と、チチはいう。

別居するまえに、そんなふうにハハをほめてあげればよかったんだよ、と、またおもうけど、いわない。いまさらいってもおそいしね。

「チチはなにをがんばってるの」

「ついに、再来週《さらいしゅう》、お店をオープンするよ」

「喫茶店《きっさてん》を？」

「そう。豆《まめ》の花《はな》」

「え？」

「喫茶店の名前。どうおもう」

「いいとおもうよ。たぶん」

「たぶんって？」

「だって、そのお店がどんな感じなのか知らないんだもん」

チチは、チチの生まれた島に帰って喫茶店をはじめることにしたの。チチが島に帰るまえにわたしに話してくれた。

四百人くらいの人が住んでいる王子島には食堂は二軒《けん》あるけど、喫茶店はないんだって。チチから、喫茶店をはじめるつもりなんだ、ってきいたときには、お客さんは来るのかなあと心配になった。だから、そうチチにいうと、「なかには来てくれる人もいるんじゃないかなあ」と、のんびりした口調でチチはこたえた。

チチは、まえは家電量販店《りょうはんてん》で働いていたの。電気掃除機《そうじき》も、電気洗濯機《せんたくき》も、ケータイ電話も、美顔器も、パソコンも、テレビも、エアコンも、マッサージチェアも、なんでも売ってる店。街で一番大きい電化製品《せいひん》の店だった。チチはヘアドライヤーや、シェーバーや、加湿器《かしつき》や、アンカなんかの担当《たんとう》だったんだって。「ばらばらだね」っていうと、「なんでも売るんだよ」っていってた。

そのあと、「電化製品が山のようにあって、電気シェーバーだって、ひげそり用、体毛用、鼻毛用、顔用、髪《かみ》の毛用《けよう》ってあるんだよ。髪の毛用も、こども用、女性用《じょせいよう》、男性用ってわかれてて。そういう物が山のようにあるなかに一日じゅういると、ひどくつかれるんだよね」っていった。「この一つ一つの物は、ほんとに人間に必要な物なのかな、っておもっちゃうんだ」とも。

「だからなの？」ってわたし、そのときにきいた。「パパが原子力発電所に反対するのは」

チチが生まれた王子島のすぐそばに原子力発電所を建てる計画があって、チチはそのことがゆるせないみたいだった。チチは「いまの仕事はおれにはむいてないなあって、いつごろからか、おもうようになったんだよね。だんだん腹《はら》の底のほうがむずむずしてきたんだ」っていった。

そういうのをおもいだしたら、わたし、おもわずため息をついちゃった。

「どうしたの。豆の花のことを心配してくれてるの？」

電話からきこえてくるチチの声がすごくなつかしい。いますぐ会いたい。

「メニューはきめたの？」

「きめたよ。コーヒーと紅茶《こうちゃ》とサンドイッチ」

「それだけ？」

「いま自信をもって作れるのはそれくらいだから」

チチはわらった。

「ハムサンドと、チーズサンドと、たまごサンドと、きゅうりのサンドイッチ」

わたしは目をつむって、チチの島をおもいうかべた。深い藍色《あいいろ》の海が澄《す》んでいて、ウミスズメがうかんでいて、山にはビワの木がいっぱい生えている。

「王子島、行きたいなあ」

「うん。いつでもおいでよ」

チチはいった。

「原発、できないよね」

「建てさせないよ」

わたしは王子島を囲む大きい海をおもいうかべた。

「ママの手伝いもしてあげてね」

といって、チチは電話を切った。

またママっていった、とおもったけど、それはいわずに、わたしは受話器をそっと置いた。


夜、わたし、チチの部屋で寝《ね》ることにした。といっても、チチの部屋はわたしの部屋のとなりで、二つの部屋のあいだは障子《しょうじ》で仕切られているだけなんだけど。

チチの部屋は庭に面していて、そこは部屋っていうより広い廊下《ろうか》みたいな場所。チチはそこに机《つくえ》といす、小さい本棚《ほんだな》、カメラのバッグや、CDプレイヤーなんかを置いていた。壁《かべ》には自分がとった写真をフレームに入れてかざっていた。いまは机も、いすも、カメラのバッグも、CDプレイヤーもない。からっぽの本棚と、壁にかざられている海の写真があるだけ。

わたしはハハにたのんで、お客さん用のふとんをチチの部屋にしいてもらった。

「どうしてここで寝ることにしたの」

ハハはきいた。

「いっぺんここで寝てみたかったの」

「チチに会いたいの？」

わたしはパジャマのボタンをはめながら、

「そりゃあね」

とこたえた。

「いつでも会いに行っていいよ」

「ハハも行く？」

「そうねえ」

ハハはちょっとかんがえてから、

「いまはなんともいえないな」

といった。

ハハが正直にこたえてくれたのはうれしかったけど、ハハの気もちはわからなかった。まえは、チチとハハはあんなに仲がよかったのに、どうして別居することにしたのか。そのわけをききたいとおもったけど、わたし、やっぱりきけなかった。

じゃあ、おやすみ、とハハがでていって、わたしはふとんにもぐりこんだ。

目をとじて、チチはいまもこの家にいるんだ、とおもおうとした。チチはこの部屋で、自分がとった写真をよく見ていた。そしてときどき、「なーか」とわたしを呼《よ》んだ。

「見てくれよ。この写真、どうおもう」と、デジタルカメラの画面をわたしに見せた。石がいくつも重なっている写真だったり、小さい川にかかっているコンクリートの橋の写真だったり、どこかの家の窓《まど》をとった写真だった。

わたしはいつも「いいとおもうよ」という。だって、それがいい写真なのかどうか、ほんとのことをいうと、わからなかったから。するとチチは「だろう?」と、うれしそうな顔をした。

チチの小さい本棚にはいろんな写真家の写真集が並《なら》んでいた。きっとチチは、いまも島で写真をいっぱいとっているとおもう。

わたしはふとんからでてカーテンをあけてみた。

庭は暗い。いまは見えないけど、あそこにはヤブツバキとサンゴジュが立っている。

その横にハナミズキとアジサイがあって、その下にはハランの茂《しげ》みも。チチは休みの日には、伸《の》びすぎた木の枝《えだ》を切ったり、肥料《ひりょう》をまいたりしていた。いつだったか、ヤブツバキの幹《みき》に小鳥の巣箱をくくりつけたこともあったけど、小鳥が入っているのを見たことはないの。

家からチチだけ消えてしまった。そのことになれることができない。どうやってなればいいのか、わたし、わかんない。

わたしはふとんにもどって肌《はだ》かけを引っぱりあげた。ため息をつきそうになったけど、がまんしてつかなかった。

4

センくんの家の玄関《げんかん》の横に細い木が一本立っている。その木には、このまえまで白い小さい花がいっぱいさいていた。この花、なんて名前、ってきこうとおもっていたのに、センくんや、センくんのママの顔を見ると、そのとたんたずねるのを忘《わす》れて、いまでは花はみんな散ってしまった。

ドアに近づいて、指を伸《の》ばしてインターフォンを押《お》そうとしたとき、いきなりドアがあいた。

「おっとと」

なかからでてきたセンくんがのけぞった。

「うわああ」

わたしもころびそうになった。

「おどかすなよ」

「そっちこそ」

センくんは背中《せなか》に、ちっちゃいリュックをしょってる。

「なんか用事」

センくんはきく。

「ねえ、この木、なんの木。まさかスズラン？」

センくんはヒッヒ、とへんな声をだして、

「知らないにもほどがあるよ」

とわらった。

「スズランは木じゃない」

わらわれたので、ちょっとだけ気もちがぺしゃんとなったけど、

「だって、知らないものは知りません」

といった。

そういえば、このまえどこかで見たスズランは、たしかに地面でさいていた。でも、
花の形がよくにている。

「これはアセビ。毒《どく》があるの。馬が食べたら毒にあたってふらふらになるらしい」

あんなかわいい花をつける木に毒があるなんて。いままでは葉っぱだけになっている木を見た。

「どうして毒の木を玄関に植えてるの。まさか馬は来ないよね」

「ママにきかなきゃわかんないけど、どろぼうよけとか」

「どろぼうって花とか葉っぱをたべたりする？」

「さあね。毒のある木だと知ってるやつは、おびえるかもしれないけど。で、なんの用事」

「とくにないけど。このまえの誘拐犯人《ゆうかいはんにん》のことをききたくて」

「ああ、あれね。あれはまだ調査中《ちょうさちゅう》。いまはちょっとべつの事件《じけん》が勃発《ぼっぱつ》しかけてるからね」

「ぼっぱつ？」

センくんがそんな言葉を知っているのは、本をよく読むからかな。

「べつの事件って？」

「もう行かなきゃなんないんだ。いまは話せないよ」

「わたしもついていっていい？」

「いいけど。時間がかかるかもしれないよ」

「だいじょうぶ。いま、ハハは童話を書いてるから、わたしが家にいないほうがいいの」

ふーん、とうなずいて、じゃあ行こう、とセンくんはあるきだした。

「あそこの公園のチューリップをぜんぶ盗《と》ったやつがいるんだ」

あるきながら、センくんはいう。

わたしたちが小さいときからあそんでいる公園のことらしい。

「見たの？」

「見てない。だけど、そいつ、きっと悪いやつだから、バラも盗りにくるにちがいないとおもうんだよね」

「どうして」

「犯罪《はんざい》をおかす人はね、何度も犯罪をおかすんだ」

「どうして。警察《けいさつ》につかまるのがこわくないのかな」

「こわくても、やっちゃうんだ」

「どうして」

「悪いことをしているうちに悪い心がしだいに大きくなって、そのうちに、悪いことも平気でできるようになるんだよ」

「悪い心って、どうやってできるの」

「それはね、まだわかんない。大きくなったら大学に行って、犯罪をおかす人間についての研究したいとおもってる」

「まえは裁判官になる、っていってなかった？」

「ちょっと考えがかわったんだ」

「またかわる？」

「わかんない。中《なか》ちゃんはなにになるつもり」

「ぜんぜんきめられないの。海で働きたいなあ、っておもって、そのあとタケノコを掘る人になりたいなあ、ともおもったし、象に乗る仕事がしたいなあ、ともおもったけど、なにかを作る人になりたい気もする」

公園に入っていくと、だれもいなかった。センくんはまっすぐ花壇《かだん》にむかう。

このまえ公園に来たときにはチューリップがいっぱいさいていた場所に、チューリップは一本もなかった。からっぽになっていた。ほり起こされた土がかわいている。

「なくなってるだろ」

「ないね」

その横のバラの花壇には、いまもいろんな色のバラがさいている。チューリップだけない。

「バラが盗られなくてよかった」

わたしはいった。

「わたし、バラが一番すきだもん」

「あんなにきれいにさいていたチューリップを盗るなんて、ゆるせない犯罪だよ」

センくんはいう。

「それも、ぜんぶだよ。根こそぎだよ。ぼく、すごく腹《はら》が立ってるんだ。中ちゃん、腹が立たないの？」

「立ってるとおもう。たぶん」

「たぶん？」

「わたし、腹が立つってどういうのか、ときどきわかんなくなる」

「どういうこと」

「腹が立つって、むかむかする気もちとはちがうんだよね。くやしい気もちともちがうんでしょ。いやだなあって気もちともちがうよね。どういう感じなの」

「そうだなあ、なかなかむずかしい質問だけど、がまんできないって気もちもあるし、ゆるせないって気もちもたぶんある。やり返してやりたいって気もちもまじってるかもしれない」

「いまはどの気もち」

「犯人をつかまえたい」

「つかまえてどうするの」

「悪いことをしちゃいけない、ってしかるんだよ」

「そしたら、その人はどうするとおもう」

「さあね。悪いことをする人の気もちまでは、さすがにちょっとわかんない」

その人はどんな人だろう。わたし、かんがえてみた。女の人かな、男の人？　黒い服を着て、サングラスをかけてるのかな。先のとがったくつをはいていたりして。そういう人がチューリップをほり起こしているところを想像《そうぞう》してみようとしたけど、なんかうまく想像できない。


「きみたち」

後ろから呼《よ》ばれた。

センくんといっしょにふりむくと、サングラスをかけた男の人が公園の入り口に立っていた。灰色《はいいろ》のブレザーを着ている。くつの先がとがっているかどうかは見えなかったけど。

わたし、ぞくっとして、センくんを見た。

「なんですか」

センくんはへいきな顔で返事した。

「道をおしえてほしいんだけど」

ええっ、とおもった。ハハが、知らない人から道をきかれたらにげなさい、っていってたのをおもいだしたから。

「この近くに郵便局《ゆうびんきょく》があるってきいたんだけど、どっちに行けばいいのかな」

と、男の人はいう。

「郵便局ですか」

センくんが男の人のほうへ近づいていこうとするので、わたし、センくんの背中のリュックをつかんだ。

「なに」

センくんがふりむいた。

「知らん顔してたほうがいいよ」

小さい声でわたしはいった。

「どうして」

センくんはその人のそばまで行った。わたしはそんなに近くまで行きたくなかったので、とちゅうで立ちどまった。

「近いですよ」

センくんはいって、

「あそこの角をまがって、それからすこし行くと内科のクリニックがあって、そこを左にまがって、またまっすぐ行くと保育園《ほいくえん》があるので、そこを右にまがっていくとあります」

と、男の人におしえた。

「ああそう。なんとなくわかったよ。ありがとう」

男の人はそういってあるきだした。

わたしはほっとして、センくんのそばに行こうとしたら、センくんが、

「ぼくが案内しましょうか」

って、その人にいったの。その人、先のとがったくつをはいてる。

「だめよ」

わたしはいった。

「どうして」

センくんはふしぎそうな顔をしてわたしを見た。男も見ている、たぶん。サングラスをかけているから、ほんとにわたしを見ているかどうかは、たしかめられないけど。

「だって」

だって、知らない人についていっちゃだめだよ、といいたいのに、男がこっちを見ているからいえない。

「こっちです」

センくんはあるきだした。男もセンくんと並《なら》んであるきだす。

危険《きけん》だよ、すごく。びくびくしながら、わたしは二人のあとからついていく。ついていくしかないもん。だけど、あぶないってなったら、すぐにげだして、だれかおとなを呼びにいけるように、二人とはだいぶあいだをあけて。

もしかのときには「きゃあ」って、さけんだほうがいいのかな。でも、灰色ブレザーの男がポケットから武器《ぶき》をだしたりしたらどうなるの。センくんが人質《ひとじち》になったらどうしたらいいんだろう。ずっとまえにあった銀行強盗《ごうとう》のことをおもいだした。銃《じゅう》をもった男が銀行に立てこもって、女の銀行員を人質に取ってたんだよね。テレビのニュースでやってた。警察が銀行をとりかこんでも、犯人はでてこないの。何時間もたってから、警官が突入《とつにゅう》して、撃《う》ちあいになって、それでやっと逮捕《たいほ》されたんだけど、ああいうの、こわい。人質になるって、どんな気がするんだろう。

センくんはクリニックの角をまがっていく。二人のすがたが見えなくなると、とたんに心配になって、わたしは走って角まで行った。二人はのんびりしたあるき方であるいていく。なにかおしゃべりもしているみたい。センくんがうなずいている。いやだなあ、犯人とおしゃべりするなんて。そのうち、とつぜん腕《うで》をぎゅっとつかまれたりするんじゃないの。

胸《むね》がどきどきしてくる。

保育園が近づいてきた。わたしと前の二人との距離《きょり》はさっきより広がっていた。足が前にすすみたがっていない感じで、どんどんはなれていくんだよね。

センくんが立ちどまった。保育園の角のところで。すると男はセンくんにむかって手をあげ、わらいながらなにかいって、一人であるいていった。センくんも手をあげてばいばいしている。

わたし、走ってセンくんのそばまで行った。

「だいじょうぶだった？」

わたしがきくと、

「え、なにが。あのね、あの人がいいことをおしえてくれたよ」

「どんなこと」

わたしはいっぺんにきんちょうする。

「チューリップのこと」

「え？」

「チューリップってね、花がおわって葉っぱがかれたら球根をほり起こすんだって。ほった球根を取っておいて、秋になったらまた植えるんだって。そういうの常識《じょうしき》だよって。だから公園のチューリップの球根もぜんぶほり起こされたんだよ、って」

「ふうん」

わたしは腕ぐみをして、そのことをかんがえてみようとする。でも、知らなかったことなので、かんがえてみようとしても、どんなイメージもうかんでこなかった。

「じゃ、帰ろうか。チューリップの件《けん》は解決《かいけつ》したし」

センくんは向きをかえて、あるきだした。

「ママが、さっきヨモギもちをこしらえてたから、うちにおいでよ。いっしょにたべよう」

と、センくんはいった。

「考えをめぐらすのって腹がへるんだ」

「ヨモギもち、だいすき」

スキップしたくなる気もちで、センくんに並んだ。

5

四時間目は交通安全教室だった。

三年生のときのように、運動場で警察《けいさつ》の人のはなしをきくのかとおもっていたのに、体育館に行きなさいっていわれた。がっかり。だって、運動場だと、警察の人が自転車の乗り方をやってみせたり、横断《おうだん》歩道の渡《わた》り方《かた》を手をあげてやってみせたりしたあと、わたしたちも順番に自転車に乗れるんだけど、体育館だと、きっとじっとすわったまま、はなしをきいてるだけになるもん。

わたしは川床さんといっしょに、のろのろあるいて体育館に行った。

体育館に入ると、ステージのすぐ下におもちゃみたいな信号機が立てられていた。先生たちと男と女の警察の人が信号機の横に並《なら》んで、わたしたちが入ってくるのをまっている。四年生と五年生と六年生が二、三人ずつ、ばらばらに入っていくのを見ていた石《いし》

先生が、

「だらだらしない。四年生は左、そのとなりが五年生。六年生は右。クラス別に整列」

ってていった。強い声で。

ああ、もういやだ、って、わたし、おもっちゃう。こういうのがもうだめ。だらだらしない、とか、整列、とか。わたしの足が自然におそくなる。とおもったら、そばの川床さんがわたしの手をさっとにぎり、引っぱるようにして前にすすんでいく。

「幽霊《ゆうれい》みたいにならないでよ」

川床さんがいう。

「わたしが？」

「花木《はなき》さんたら、きゅうに体から力がすうっと消えたみたいになるもん」

「だってね、もう家に帰りたい」

「ほらほら、しっかりしてよ」

川床さんはわたしを押《お》しだすようにして、列に並ばせようとした。

「だめだめ。川床さんが前になって。わたし、後ろがいい」

わたしはむりやり川床さんの後ろになった。できるだけ後ろのほうで、かくれていたいから。警察の人や先生から、なんかきかれたりするのはいやだから。

「はーい、並びましたか。じゃあ、警察の方々にあいさつしましょう」

石先生がはりきった声でいう。

石先生って、どうしてあんなにいつもはりきってばかりいられるのかな、っておもっちゃう。家でもあんなふうにはりきってるのかな。奥《おく》さんやこどもたちの前でも、はりきりっぱなしなのかな。もし、わたしが石先生のこどもだったら、いやだなあ。つかれちゃう。

それにくらべると、わたしのチチははりきるどころか、家ではまるでカピバラみたいだった。のっそりしてるっていうか、うっとりしてるっていうか。よくぼーっとしていたし。大きい声もめったにださなかった。

警察の人のあいさつがおわると、わたしたちは床《ゆか》にすわった。体育ずわりで。わたし、これが一番きらい。なんか、奴隷《どれい》になったような気がするから。屈辱的《くつじょくてき》だもん。どうしてちゃんといすにすわらせてくれないのかなあ。先生たちはいすにすわるのに。わたしはこっそり体育ずわりをやめて、足をくんだ。きょう、ハーフパンツで来てよかった。

警察の人は石先生ほどじゃなかったけど、それでもやっぱりはりきった声で交通ルールの説明をはじめた。その人の後ろの、おもちゃみたいな信号機に青い灯《ひ》がともった。ともったとたん、「わあっ」って声をあげた人がいたけど、わたしは、うへって、おもっちゃった。

学校ってまるで軍隊みたい、っておもうようになったのはいつからかなあ。だいぶまえから、学校って、ずっと命令ばっかりじゃん、っておもうようになってて、いつだったかテレビで自衛隊員《じえいたいいん》が足をそろえて行進しているのを見たとき、あ、これ、これ、これといっしょだ、っておもったの。ルールを守って、人とおなじことをして、勝手なことはぜったいしちゃだめ。いわれたとおりにしなくちゃいけない。シャープペンシルはだめだし、消しゴムは白以外はだめで、くつも白でなきゃいけない。髪《かみ》にリボンは禁止《きんし》で、はでな色やデザインの服もだめ。廊下《ろうか》は走っちゃだめだし、右側をあるかなきゃいけない。

朝の会で、先生から名前を呼《よ》ばれたら、手をあげて「はい、元気です」って言わなきゃなんないの。あれが一番いやだ。毎日、毎日、元気じゃないよって、おもう。「いまひとつです」とか、「うんざりです」とか、「つまんないです」とか、いっちゃだめなの？　あれって、ただのセリフ？　「元気です」っていったあと、いつも力がぬけちゃうんだよね。これから一日、ずうっと学校にいるんだな、っておもって。はやくおわらないかな、とおもって。

「ね、学校と軍隊って、にてるとおもわない？」って川床さんにいうと、「そういうのを不適応《ふてきおう》っていうんじゃないの」って川床さんはいったけど、わたし、不適応って言葉の意味がわからなかったの。それで家に帰ってハハにきいたら、「そりがあわないってことよ」っていった。

「そりって？」

「うーん、刀のね、そりだとおもう。刀の曲がり方が鞘《さや》とあわないのよ。つより、うまくやれないあいだがら、ってことかな」

「ふーん、なんとなくわかる気がする」ってわたしはいった。わたしと学校は、うまくやれないあいだがらなんだとおもう。

どこからか、こども用自転車が一台、体育館にもちこまれていた。わたしは前にすわっている川床さんのTシャツの背中《せなか》に一個《こ》だけついている小さい☆マークを見ていて、前のほうはろくに見ていなかったから、いつもちこまれたのか気がつかなかったけど。

警察の人が、

「じゃあ、きみ。乗ってみてくれる」

と、五年生の列の一番前にすわっているだれかを指さした。


うわあ、みんなが見ている前で一人だけ自転車に乗るのっていやだろうなあ、とおもいながら立ちあがった子を見ると、なんとその子、センくんだったの。わたし、わらいそうになっちゃった。


でも、センくんはうまくやったよ。つまり、先生からも、警察の人からもほめられたの。

「自転車に乗るときに気をつけることはなんですか」

っていう、ものすごくこたえにくい質問《しつもん》を男の警察官がしても、センくんは、

「ヘルメットをかぶる。スピードをださない。並んで走ったりしない」

って、こたえたし、

「ほかに注意することは?」

という、またまたとってもこたえにくい質問を女の警察官がしても、センくんは、

「えーと」

と、ちょっと上をむいてかんがえてから、

「小学生は自転車で歩道を走ってもいいってことと、傘《かさ》をさしたり、片手《かたて》運転をしちゃいけない、とか」

と、すらすらこたえたの。

「うん、そうよ。よくわかってるんですね」

女の警察官は音を立てないで拍手《はくしゅ》をした。

そのあと、センくんは渡されたヘルメットをかぶってこども用自転車に乗って、床に引かれた短い白線の上をまっすぐにすすんだ。

センくんはぜんぶおわったあと、わたしたちのほうをむいて首をすくめたよ。

ああいうことがちゃんとできるのがセンくんなんだよね。

そのあとも、横断歩道の渡り方とか、そこに盲導犬《もうどうけん》をつれた人がいたらどうしますか、とか、どういうときに車に気をつけなくちゃいけないか、というはなしがつづいた。そのたびに、かわいそうなだれかが前にだされてたけど、わたしはぜったいにあてられないように首をちぢめていたから、いけにえにはならなかった。

交通安全教室がやっとおわって、川床さんとだらだら教室に帰っていると、前のほうにセンくんがいた。本を読みながらあるいている。センくんはいつも本を入れた布袋《ぬのぶくろ》をもちあるいてるんだよね。時間があると、すぐに袋から本をだして読みはじめるの。

わたし、なにかいってあげようとおもって、走って近づいていった。

「千之介くん」

って呼んだよ、もちろん。学校だからね。

顔をのぞきこむと、センくんはちらっとわたしを見て、

「くそみたいにつかれた」

といった。

あはは、って、わたし、わらった。

「くそ、はよくないよ」

「どうして並ぶときには、いつも背が低い順なんだろう。身長のせいで、ぼく、一生損《そん》をしなきゃなんないわけ？」

「でも、じょうずだったよ。えらいとおもう」

ふっ、とセンくんは息をはいた。

「ああいうのがぼくの欠点。ぼくね、中《なか》ちゃんを尊敬《そんけい》する。いつだって半分そっぽをむいてるだろ。へいきでそっぽをむいていられるところがえらいよ。宿題をやってこなくてへいきでいられる小学生なんて、全国を見渡しても、そんなにいないよ」

「わたし、ぜんぜんやらないわけじゃないよ。半分はしてるよ。半分やったら、どうしてだか力がなくなって、それ以上むりしたら病気になりそうな気がするからやめちゃうんだ。だって、なによりも命が一番大事なんでしょ」

「ぼくにはまねできないけど、えらい」

そういうと、センくんはぴょんぴょん階段《かいだん》をあがっていった。

6

わたしとハハは大きくて丸いテーブルに二人くっついてすわり、お料理が来るのをまっている。

レストランで食事をするのって、ほんとにひさしぶり。きょうはハハの誕生日《たんじょうび》で、中《ちゅう》華《か》料理をたべにきたの。

「誕生日には、なにがたべたいの」って、すこしまえから、わたしはハハに何度かきいた。ハハも、わたしの誕生日が近づいてくると、おなじことをきくから。そうきかれると、わたしは「おいしいハンバーガー」とこたえたり、「おいしいトンカツ」とこたえたりしたあげく、「やっぱり、おいしいミートボール・スパゲティ」になったりする。するとハハは「うん、わかった」といってから、「それはレストランの？　それともママ特製《とくせい》のミートボール・スパゲティ？」ってきく。わたしは百パーセント「ママ特製の」とこたえる。「ママ」っていったのは、そのころはまだ、ハハはママだったから。ほんとのことをいうと、わたしはいまでも「ハハ」って呼《よ》びながら、心のなかでは、こっそり「ママ」って呼んでるんだよね。

このまえから、わたしが「なにがたべたいの」ってきくたびに、「そうねえ」ってこたえていたハハは、さいごに「いまでは毎年チチがステーキを焼いてくれていたけど、ことしはレストランに行こうか」っていったの。それから、どのレストフンにするかをじっくりかんがえ、だした答えは「ひさしぶりに四川《しせん》料理がたべたいな」だった。

「中《なか》も、もう辛《から》い食べものがたべられる年になったもんね」と、わたしを見た。

「もちろんよ」って、わたしはいった。

まだなにもはこばれてきていない、取り皿と、おしょうゆやラー油なんかの調味料が並《なら》んでいるだけのテーブルで、ハハはグラスの水をひと口のんでから、

「新聞社に就職《しゅうしょく》してよかった、と、あたし、おもってるの」

と、いった。

「仕事がたのしいの?」

「取材で、いろんな人に会うのはたのしいよ。ほんとに知らないことばっかりなんだもん」

「きょうも、知らないことを取材したの？」

「そうよ。きょうはね、市民会館でひらかれている山野草展《さんやそうてん》を取材したの。野草がすきな人たちがそれぞれ、自分が育てているいろんな野草の鉢《はち》をもちよってた。小さい花をさかせている野草もあったし、緑色の小さな葉っぱをしげらせている野草もあったし、すっとまっすぐに茎《くき》が伸《の》びあがっている野草もあった。ほんとにきれいな草たちだったの。野草をこんなふうに鉢植えにして大事にしている人たちが、しかも、おおぜいいるなんて知らなかった。びっくりしちゃった」

「わたしも行ってみたかったな」

「じゃあ、こんどの日曜日は休みだから、いっしょに行こうか。まだやってるとおもうから。野草って、近づいてよく見るとどれもうつくしいの。まえにランの展覧会《てんらんかい》に行ったことがあるけど、ランのうつくしさとはぜんぜんちがうんだよね。それに野草の鉢をもちよった人たちは、どっちがいいかなんて競争をしようとしてないの。おたがいに『ほほう、いいですなあ』なんて、いいあってて」

棒棒鶏《バンバンジー》がはこばれてきた。

ハハは白い小皿に取りわけると、先にわたしの前に置いてくれた。

「ハッピー・バースデー」

と、わたしはいった。

「ありがとう」

といってから、

「お酒、ちょっとだけ、のんじゃおうかな」

と、ハハはいった。

「どうぞ。誕生日だもん」

わたしはいってあげた。

つぎにはこばれてきた麻婆豆腐《マーボーどうふ》と、回鍋肉《ホイコーロー》も、おいしかった。そして、とても辛かった。もうこれだけでわたしはおなかがいっぱいになっていたんだけど、ハハは担担麺《タンタンめん》もたのんだ。

「いままで知らなかった人たちに会うのって刺激的《しげきてき》で、すてきなことなの。いままで家にとじこもってて損《そん》した気分よ」

「チチと別居《べっきょ》してよかったっていいたいの？」

「そうねえ。別居していなかったら、新聞社で働いたりしてないでしょうね」

ハハはぐいっと、小さなグラスのお酒をのんだ。しあわせそうな顔をしている。わたしは口のなかが辛さでいっぱいになっていたけど、でも、そんなことはハハにはいいたくなかったから、すこしずつたべていた。


家に帰ってからも、ハハはしあわせそうな顔をしていた。

「新聞社で働くのと、家で童話を書くのと、どっちがたのしいの」

「どっちもたのしいよ。でも、たのしさがちょっとちがうかな」

「どんなふうに」

「見たことや、きいたことを正確《せいかく》に書くのと、頭のなかで、あたらしいことをかんがえだして書くのとは、ちょっとちがうんだよね。あたらしいことをかんがえだすのは、たのしいけど、ちょっとくるしいから」

「くるしいの？　わたしもいつか、ハハみたいにおはなしを書いてみたいな、ってもってるけど」

「あら、そうなの？」

ハハは目を大きくして、頭をぶるぶるっとふった。

「はじめてきいた」

「むずかしいの？」

「むずかしくはないけど、むずかしい」

「なにそれ」

わたしはわらった。

「頭のなかに小さい種みたいなものが生まれて、それがだんだん大きくなってくるのをまたなきゃいけないから」

「おはなしの種？」

「そう。よそからかりてきた種じゃだめ。自分の心のどっかにかくされている種よ。それを育てるの」

「どうやって」

「ああかな、こうかな、ってかんがえるの。頭を半分からっぽにしてかんがえるのよ」

「頭をからっぽにしたら、かんがえられないじゃん」

「だから半分だけからっぽにするの。そしたら、いろんなことが頭にうかんできはじめるんだよね。すると種がすこしずつ太りはじめるの」

「時間がかかるね」

「そうね。でも、その手間をおしんじゃだめ」

「ふうん」

わたし、だいすきな童話『きいろいばけつ』のことをかんがえた。この本を書いた人は、どうやってこんなおもしろいおはなしをおもいつけたんだろう、ってずっとおもってた。

あの本はすごく売れたそうだけど、ハハの本はあんまり売れない。ということは、お金がもうからないってことだけど、そのことをハハがどうおもっているか、きいたことはないの。

「ハハの本がいっぱい売れるといいね」

わたしはいった。

「そうね。でも、あんまりのぞめないなあ」

「売れたら、新聞社で働かなくてもいいじゃない」

「そうだけど。でも、新聞社の仕事はおもしろいから、つづけたいの。知らなかったことを知るのはおもしろいんだよね」

ハハはふっと息をついて、

「中にお金の心配をさせて、ごめんね」

っていった。

「だいじょうぶ。『お金でしあわせは買えない』でしょ」

ハハはわらって、

「チチはよく、そういってたよね」

といった。

「しあわせって、むずかしいね」

わたし、ため息をついた。そしてリモコンを取りあげてテレビをつけた。

ハハは紅茶《こうちゃ》をいれ、家にあるなかで一番いいカップ&ソーサーをだしてきて、そそぎいれた。中華料理店からの帰り道で買ったロールケーキも一番いいお皿にのせた。

「どうぞ」

と、ハハはいった。

テーブルにむかいあってから、わたしはもう一度、

「ハッピー・バースデー」

といった。

「中。ゆううつなの？」

ハハは銀のフォークをもった手を止めて、いった。

「どうして」

わたしはケーキを入れたままの口できいた。

「そう見えるから。ちがう？」

「ちょっとだけ」

といって、ケーキをのみこんでから、

「ゆううつ」

とこたえた。

「ハハにいえること？」

わたしは、いおうか、どうしようか、まよいながら紅茶に口をつけた。

「あのね、学校で、みんながわたしのことを『わかんないちゃん』て呼ぶの」

「まあ。そんなふうに呼ばれたら、いい気はしないよね。だけど、どうして、そんなふうに呼ぶんだろう」

「わたし、わかってるよ。わたしがすぐ『わかんない』っていうからよ。まえに、夏山《なつやま》先生が『花木さん、月と太陽は、どっちが大きいか知っていますか』ってたずねたとき、わたし、ものすごくかんがえてから、『わかんない、です』とこたえたの。そしたら、みんなが『でた、わかんない』とか、『やっぱりでました』といって、わらうの。わたし、見た感じだと月のほうが大きいかなっておもったのね。だけど、太陽って大きさがはっきり見えないでしょ。それに遠くにあるし。おなじくらいかなっておもったんだけど、やっぱりはっきりわかんなかったから、そうこたえたの」

「たしかに、わかりにくいよね」

「わかんないことがね、多すぎる」

「わからないことが多いのはいいことよ、たぶん。ハハだって、わからないことだらけだもん」

「でも、教室で『わかんない』っていったら、わらわれるの。夏山先生もわらうの。このまえ、先生が『自分の夢《ゆめ》をいいましょう。夢を口にすると、その夢にむかって努力できますからね』ってみんなにいって、一人一人に夢をききはじめたのね。『サッカー選手』とか、『お医者さん』とか、『美容師《びようし》』とか、みんなはこたえてた。わたしの番が来たから、わたし、『夢っていうのは、将来《しょうらい》、なんの仕事をしたいかってことなんですか』って先生にきいたのね。だって、みんながこたえていたのは、つきたい職業だったから。そしたら先生は『花木さんは、どんなことをしたいの。どんなお仕事につきたいの』って、わたしにきいたの。わたし、また、ものすごくかんがえたよ。したいことならいっぱいありそうで、だから、一つだけこたえることなんてできないし、してみたい仕事のことをかんがえようとしたけど、どういう職業っていえばいいか、わかんなかったんだ。だから、『さあ。わたし、わかんないです』ってこたえたの。そしたら、みんながげらげらわらって、先生もわらったの」

「いつか童話を書きたいって、さっき、いわなかった？」

「それはちょっとかんがえてみただけで、作家になりたいってかんがえてるわけじゃないもん」

「かんがえて、かんがえたあげくの『わかんない』はすばらしいよ、中」

と、ハハはいった。

「そんなことをいってくれるのはハハだけだよ」

「あのね、わからないことの答えをすぐにだそうとするんじゃなくて、わからないことに耐《た》えることが大切なんだとおもうけど。わからないことに耐えるには力がいるのよ」

「耐えるって、がまんすること？」

「そうね。あっさり投げださないってことかな」

「ふうん。かんがえてみるよ」

「ものごとをよくかんがえる中は、ハハのじまんです」

ハハはロールケーキをすっかりたべおえ、紅茶ものみほしていた。

ハハのケータイが鳴りはじめた。チチからかもって、わたし、おもった。だって、チチがハハの誕生日を忘《わす》れるはずないもん。

だけど、ちがってた。電話にでたハハが「持丸さん、どうしたの？　こんな時間に」って、いったから。

それからハハはケータイを手のひらで押《お》さえて、

「お風呂《ふろ》に入っちゃいなさい。ほら、こんな時間」

っていった。

時計を見ると十時だった。

「はーい」

わたしは立ちあがった。

7

わたしがいつものように電信柱のところまで近づいていくのをまっていられなかったのか、センくんはずんずんわたしに近づいてきた。

「こんどこそほんとに、なにか、なんだ」

きょうもセンくんは傘《かさ》をもっている。空はきれいに晴れている。

「雨の予報《よほう》、でてたの？」

「うん、二〇パーセント」

「二〇パーセント雨がふるかもしれません、ってこと？　意味が、わたしわかんないよ。ほんのちょっとだけふるかもしれませんよ、ってことが。二〇パーセントってどれくらいのちょっとなの」

「それはぼくもわかんない。それより、それより、今回こそ大事件《だいじけん》かもしれないんだ。

すごくあやしいんだ」

大事件ときいて、わたしの胸《むね》はどきどきしはじめた。どきどき、じゃなくて、わくわく、かな。

「ほんとに大事件？」

「まちがいないよ。きょう、学校から帰ったあと、ひま？」

「ひまだよ。いつも、ひま」

「よし。じゃあ、学校から帰ったら、うちに来て。いっしょに行こう」

「どこに」

「見張《みは》りに」

「なにを見張るの」

「家」

「どこの」

「あんまり遠くない」

「なにがあやしいの」

「それは、ここじゃいえないよ」

そういいながら、センくんはそばをあるいている小学生たちを見た。だれ一人、わたしたちの話していることなんか気にしていない。

「あのね」

わたしは空を見あげた。やっぱり雲はひとかけらもない。二〇パーセントの雨、どこにかくれているんだろう。

「センくんの夢《ゆめ》ってどんなこと」

「はあ？　夢？　うーん」

センくんは首をかしげた。

「ぼくね、すごくさむがりだろ。だからセーターを三枚《まい》重ねて着て、それからカーディガンも二枚重ねて、それからダウンベストにダウンコートも着て、マフラーをぐるぐるまいたよ。ズボンも二枚重ねてはいたし。厚《あつ》い毛糸のソックスに長ぐつをはいて、道をあるいてたんだ。そしたら、そばの溝《みぞ》のなかから『さむい』って声がきこえたの。小さい声だったけど。ぼくとおなじ、さむがりのだれかがいるのかな、とおもって溝をのぞいてみたら、なにかが動いてたんだよ。

『さむいの？』ってきいたら、『はい、さむいです』ってこたえるの。だからぼく、溝のそばにしゃがんで、『水のなかにいるから、さむいんだよ』って、動いているイモリみたいなものにいったんだよね。そしたら、そのイモリみたいなものが『水のなかがすみかなので』っていったから、『じゃあ、しかたないね』っていったら、『そんなことをいわずに、ちょっとだしてくれませんか。あまりにも冷たいので』っていうんだよ。しょうがないから、水のなかにいるやつを手ですくったら、それはイモリじゃなくてオオサンショウウオのこどもだったの。

オオサンショウウオのこどもは『さむい、さむい』って、ぼくの腕《うで》のなかでふるえるんだよ。しょうがないから、ぼくは首のマフラーを取って、オオサンショウウオのこどもにまいてやったよ。そしたら『あ、ちょっとあったかい』っていって、『わたしがいた池までつれていってくれませんか』っていうんだよね。『ぼく、おつかいに行くとちゅうだから』ってことわると、『ぜひ、おねがいします』って、なきだしたの。しょうがないから溝にそってあるきだすと、じきに、ぶるぶるふるえていたオオサンショウウオのこどものふるえは止まったよ。それから、えらく軽くなったような気がしたから腕のなかを見ると、ぼくのマフラーのなかから顔をだしていたのはミドリガメだったんだ」

ふうっと、センくんは息をはいた。

「それって、もしかしたら、ゆうべ見た夢？」

「そう」

センくんは傘をぶるんとふりまわした。

「そういう夢じゃなくて、わたしがいったのは、おとなになったら、どんなことをしたいですか、どんな仕事をしたいですか、っていうほうの夢なんだけど」

「ああ、そっち」

センくんは、うんうん、うなずいた。

「センくんは大学に行って犯罪の研究をしたいんだよね」

「ああ、それはそう。だけどそれより、ぼくが一番なりたいのは、まじめじゃなくなること、かな。ぼくって、ついついまじめになっちゃうから。まじめになりたくないって、ずっとおもっているのに、すぐまじめになっちゃうんだよね。ぼくが弱いからだ、とわかってる。ぼくね、まじめなだけの、つまんないおとなにはなりたくない。それが夢」

ああ、と、わたし、おもった。このまえの交通安全教室でも、センくん、すごくまじめで、きちんとしてたもん。センくん、きっと教室にいるときもあんな感じなんだろうな。

「なにかになりたくない、っていうのも夢なの？」

「え、いけないの？」

センくんは傘をぶるんと、またひとふりした。

「だけど、まじめじゃなくなりたい、っていうのは簡単《かんたん》なんじゃないの？」

「簡単じゃないよ。ぼく、努力してるけど、うまくできないもん。で、中《なか》ちゃんの夢は？」

なにかをしたくないっていうのも夢になるんだったら、すぐこたえられる。

「わたし、学校に行かなくてもすむようになりたい。いまの学校も、中学も高校も行きたくない」

このまえ、先生に夢をきかれたときに、そうこたえればよかったんだ。

「それこそ簡単だろ。行かなきゃいいだけじゃん」

と、センくんはいった。

「そうかな。簡単かなあ。ちょっとかんがえてみるよ」

校門に着くと、いつものようにセンくんはわたしからはなれて、運動場をかけていった。

わたしは見たくない、とおもっているのに、あの二階の窓《まど》をつい見てしまった。

あの女の子が、あいた窓から身をのりだしている。髪《かみ》に結んだリボンが風にゆれている。黄色のブラウスを着た女の子はいま、窓のふちに、青い水玉もようのソックスをはいた足をかけ、両手をひろげて窓枠《まどわく》をつかんでいる。

（あぶない。やめて。おちるよ）

心のなかでさけぶ。

（飛んじゃだめ）

（だめ）

「おはよう」

後ろで声がした。川床さんだった。

「おはよう」

わたしもいった。

「花木さん、いっつも校門で立ちどまってるね。まるで、どうしても足が前にでないいって感じで。運動場がこわいの？」

「運動場はこわくない」

「行こうよ」

川床さんはわたしの肩《かた》に手をまわした。


夕方、大きい買《か》いもの袋《ぶくろ》をかかえて家に帰ってきたハハは、大いそぎで服を着がえると、いつもはひと休みしてから晩《ばん》ごはんのしたくにとりかかるのに、すぐにキッチンに立った。

「持丸さんが来るの。晩ごはんをいっしょにたべましょうって、おさそいしたから」

じゃがいもを洗《あら》いながら、ハハはいった。それから、

「中は、そこらをちょっと片《かた》づけて。ちらかってる部屋じゃ、おちついてはなしもできないでしょう」

と、わたしにいった。

わたしは部屋をぐるりと見まわしてから、新聞や本をまとめてラックに入れたり、ソファの上のパーカーやソックスなんかをハハの部屋にもっていったりした。ごはんをた

べるテーブルにだしっぱなしになっていたノートパソコンもハハの部屋にもっていった。

「どうして持丸さんは、きょう、うちに来ることになったの」

壁《かべ》にかかっているチチがだいぶまえにとった朝焼けの写真のパネルがちょっとかたむいていたので、なおした。

「相談したいことがあるんですって」

包丁を動かしていたハハは、ふり返って壁の時計を見た。

「簡単なものしかできないけど」

ハハは冷蔵庫《れいぞうこ》をあけ、なにかを取りだす。

学校から帰って、アニメを一本見てから、そろそろセンくんが帰ってくるころだ、とおもってセンくんの家に行った。「来て」といわれていたから。でも、家にはだれもいなかった。何度インターフォンを押《お》しても、だれもでてこなかったし、玄関《げんかん》ドアには鍵《かぎ》がかかっていた。なにかあったのかなとかんがえたけど、わからなかったので、うちに帰った。家でまっていたけどセンくんは来なかった。

七時半に持丸さんが来た。白バラの鉢《はち》をかかえて。

持丸さんはわたしににっこりわらうと、

「こんばんは」

と、ふんわりした声でいった。

青い花がちっているやわらかい生地《きじ》のワンピースを着ている持丸さんはとてもやせている。茶色の髪を長く伸《の》ばして、とても色が白い。まゆ毛をくっきり描《か》いていて、うす赤い口紅《くちべに》をぬっている。

持丸さんの箸《はし》をもつ指にはうすいグレーのマニキュア。

「とってもおいしいです」

イワシのかば焼きをたべながら、ほんわかと持丸さんはいう。

テーブルには、ほかにはトマトとチーズのカプレーゼと、ミネストローネがでている。

「いつもの晩ごはんの献立《こんだて》で、ごめんなさいね。特別なことができなくて」

と、ハハはいった。

「とんでもない。わたし、お料理はまるでだめなんです。わたしって、ほんと、なんにもできないんですから」

持丸さんはモッツァレラチーズを口に入れ、小さい声で、

「おいしい」

といった。

「花木さんとお知りあいになれて、わたし、ほんとにしあわせです。いろいろはなしをきいていただいて、ありがたいとおもっています。わたし、一人じゃなにもきめられないから。ほんと、わたしってだめなんです」

「あのね、何度もいってるけど、自分のことをだめ、だめ、っていわないの。自分で自分をだめにしてるようにきこえるよ」

ハハはいった。

「はい」

持丸さんはうなずく。

持丸さんは新聞社をやめようか、どうしようか、まよっているらしかった。ハハに、そのことを相談したかったみたい。

食事がおわると、わたし、はなしのじゃまをしたくなかったから、テーブルのお皿や

なんかをハハにかわって流しにはこんだ。それがすむと、ソファに行ってテレビをつけた。

テレビではタレントたちが競争で、大皿におそろしいほど山盛《やまも》りに盛られた焼きそばをたべている。ハハが見たら、「下品すぎて、はなしにならない」とおこってチャンネルをかえてしまうにちがいないけど、ハハはいま、こっちに背《せ》をむけている。

なんのためにそんな競争をしなくちゃならないのかわかんない、とおもいながら見ていた。タレントの仕事って、しなさいっていわれたら、どんなことでもしなきゃいけないのかな。それって、つらくないのかな。それとも、テレビにでられるのなら、どんなこともがまんできるのかな。あの人たちはこどものときに、「将来《しょうらい》の夢はテレビタレントになることです」っていってたのかな。

「気もちはわかるけど、もうちょっとつづけたほうがいいわよ」

後ろから、ハハの声がきこえた。

「そうでしょうか。そうですよね。まだ働きはじめて一年しかたってないんですから」

「これまで、どんなところで働いていたの」

ハハはやさしい声できく。

「えーと、一年まえまではイタリアン・レストランで。そのまえは不動産屋で、そのまえは広告代理店で、そのまえは自然食品の店で、そのまえは警察署《けいさつしょ》でした」

「なんとまあ、幅広《はばひろ》いわねえ。どの仕事もおもしろそうだけど。まえにもいったけど、わたしはこれまで就職《しゅうしょく》した経験《けいけん》がなかったの。明和新報がはじめての勤《つと》め先《さき》。だけど、どうしてそんなに仕事をかえちゃうの」

わたしはそっと二人を見た。

「そうですねえ。なんか、働いていると、だんだん仕事がわたしからはなれていく気がしてくるんです。わたしには、こんなことできない、できないっておもえてきて、そしたら背中がいたくなってきて、朝、起きるのがつらくなるんです」

「そうなの。じゃあ、いまも、朝、起きるのがつらいの？　背中がいたくなってるの？」

「すこしだけ。朝は、母が十分おきに起こしにきてくれるので、なんとか起きられていますけど」

「はあっ」

ハハが息をはいた。

「このまえは一人暮《ひとりぐ》らしをしたい、っていってたよね。そんなふうにお母さんにたよってるようじゃ、一人暮らしなんてむりでしょ」

「そうでしょうか」

「明和新報をやめて、どうするつもり」

「いまかんがえているのは、介護士《かいごし》になりたいな、と。それか看護師《かんごし》。それか保育士《ほいくし》。それか美容師《びようし》です」

「あのねえ、どれも簡単な仕事じゃないよ。かんがえるのは簡単だけど、どれも、きっとたいへんな仕事だよ。どんな仕事も、責任《せきにん》をもってやらなきゃだめなんじゃないの？　会社につとめた経験がないわたしがいえることでもないけども。ね、いろんなことを簡単にかんがえすぎちゃだめよ。悪いことはいわないから、明和新報をやめるのはやめて、もうちょっとがんばってごらんなさいよ。そしたらたぶん、なにかわかってくることがあるんじゃないかな。そうおもうよ。ちょっとしかられたくらいで、めそめそしちゃだめ。つらくなったら、わたしに話してくれればいいから」

持丸さんはだまってうなずいた。

テレビに目をもどすと、一人のタレントが山盛り焼きそばをきれいにたべおえていて、ほかの二人はとちゅうでたべるのをやめてしまっていた。三人の競争をながめていたほかのタレントたちは大きい口をあけ、手をたたきながらわらっている。ああいうのも、たいへんな仕事だなあ、とおもう。

ハハはいつのまにかウイスキーのボトルをもちだして、二つのグラスにそそいでいた。

8

ベーグルと、ゆでたまごと、オレンジと、ミルクの朝ごはんをたべおえたちょうどそのとき、インターフォンのチャイムが鳴った。ハハは土曜日も新聞社は休みじゃないので、いつもどおりにでかけていて、家にはわたし一人だった。モニターを見ると、センくんが玄関《げんかん》に立っている。顔に白いものがくっついている。

ドアをあけながら、

「それ、どうしたの」

といった。

立っているセンくんの右目が大きいガーゼでおおわれていた。

「ちょっとね、事故《じこ》」

「事故って？」

「きのう、六年生の人とぶつかったんだ。廊下《ろうか》で」

「廊下で？」

「走って図書室に行ってたら、トイレから突然《とつぜん》六年生の人がでてきて、ぶつかったの。その人の歯がここに、がーん、と」

センくんはガーゼの上をそっと手で押《お》さえた。

「歯が、目に？」

よく見ると、ガーゼの下がちょっとはれている。

「きのう、もしかしたら中《なか》ちゃん、うちに来たのかなっておもったから。だったら、ごめんね。きのう学校から帰ったら、おばあちゃんがぼくを見るなり、『いますぐ病院』っていって、ぼくを病院につれていったの。はじめ眼科《がんか》に行ったら、目は異常《いじょう》なしで、そのあと外科《げか》にも行ったけど、たいしたことありません、っていわれた。たいしたことないんだ」

「そんなに大きいガーゼでも、たいしたことないの？」

「らしいよ」

ふうっ、とわたし、大きい息をはいた。

「どんなスピードで走ってたの。というか、廊下は走っちゃいけない、っていわれてるけど」

にんまり、センくんはわらう。

「まじめじゃなくなる練習なんだ」

「走ったらまじめじゃなくなるの？」

「きまりをやぶるんだからね」

「きまりをやぶるために走ったの？」

センくんは大きくうなずいた。

「ふううん。先生にしかられた？」

センくんはおもおもしくうなずく。

「いやじゃないの？　しかられるのって」

「ぼく、ずっと学校のきまりを守ってきたからね。残念なことに。だからかもしれないけど、先生は、じつはあんまりおこらなかった。『気をつけなきゃだめじゃない。走ったらあぶないってことが、これでわかったでしょ』って。ぼく、うっかり『はい』って返事してしまったんだ。失敗」

「いわれたのはそれだけ？」

「だって、ぼく、ずっとまじめだから」

「なるほど。で、なんの用事」

「行こうよ、あの家。見張《みは》りに行こうって、きのうの朝、いったよね」

「いいよ。だけど、目はいたくないの？」

「平気。行こう」

わたしは家の鍵《かぎ》とハンカチをポケットに入れて、センくんについていくことにした。

あるきながら、

「その家のなにがあやしいの」

ときいた。

センくんは小さいリュックをせおっている。一年生のときから使っているリュックで、リンゴの絵が描《か》いてある。手には、本が入っている布袋《ぬのぶくろ》をさげている。

「その家があやしいんじゃなくて、その家のようすをうかがってる男があやしい」

「男って？」

「二十歳《はたち》か、三十歳《さい》か、四十歳くらい」

「ぜんぜんわかんない」

「スニーカーをはいてて、黒い半そでのパーカーを着てるんだ。手には黒いよれよれのバッグをもって、背中《せなか》にリュック」

「そういうかっこうをしている人はあやしいの？」

「あのね、人は見た目で判断《はんだん》しちゃだめ」

「え、そうなの？　センくんはいつも、人を見た目であやしいっておもってるのかとおもってた」

「ちがうよ。その人のね、ふんいき。なんとなくあやしい動きをするんだ、そういう人は」

「じゃあ、その半そでパーカーの人はあやしい動きをしてるんだね」

「ほら、あの家」

センくんが立ちどまった。

センくんが指さしたのは、古いブロック塀《べい》にかこまれた二階だての家だった。庭にはえている草が塀の上からぼうぼう伸《の》びでている。二階の窓《まど》には雨戸がしまっている。壁《かべ》も色あせているし、かなり古い家だ。

「どうかなあ」

とわたしはいった。見たところ、人が住んでいるようには見えないけど。

「だれか住んでるの？」

家を見ながらいった。

「あれ？　中ちゃんはそういうのを見分けるのが得意なんじゃなかった？」

「もうちょっと近づいてみないと、わかんない」

「いや。これ以上は近づけない」

そういうと、センくんはそばのお寺の門をくぐった。いったいどうしたの、とおもいながら、わたしも門を入る。

センくんは門の裏側《うらがわ》にかくれるように立った。境内《けいだい》の奥《おく》にあるお寺の本堂を見ると、本堂はガラス戸がしめられていて、しんとしている。人の気配が感じられない。

「ここから見張るんだ」

声をおとしてセンくんはいう。

道をはさんで、ななめむこうに路地の入り口が見えている。その入り口から二軒目《けんめ》があの家で、ここからだとよく見える。屋根も色があせているし、門の木のとびらも一か所板がはずれている。閉《と》ざされた窓はよごれていて、家はねむってるみたいに見える。

「ほんとに、あそこにだれか住んでるの？」

「おじいさんが」

「だけ？」

「たぶんね。たまにでてくるのはおじいさんだけだよ。ほかの人がでてくるのを見たことがないから」

「何歳くらいの人？」

「さあ。たぶん、六十歳か、七十歳か、もしかしたら八十歳」

「あのね。センくんて、人の年齢《ねんれい》をぜんぜん見ぬけないじゃん。そんなんじゃ探偵《たんてい》にはなれないよ」

「ぼく、探偵になりたいなんていってない」

わたしとセンくんは、その家を見ながら小さい声でおしゃべりをつづけた。あやしい男ってどんな感じなんだろう。はやく見たい。

お寺の前の道をときどき車がとおった。自転車も、バイクも何台かとおった。手押し車を押したおばあさんがとおり、お母さんにつれられたこどももとおった。でも、センくんがいってるあやしい男は来ない。

「そのあやしい人と、あの家と、どんな関係があるの」

わたしは小さい声できく。

「このまえ見たときには、家の前に長いあいだ立ってなかをのぞきこんでたし、それから家の前を行ったり来たりしてた」

「その日、その人はあの家になにか用事があって来たんじゃないの？」

「もしそうなら、門をあけて入っていくだろ」

「そうか」

わたしは、その男がはやく来ないかなあ、と、まつ気もちになっていた。

「その人、悪い人なんだよね」

「たぶん。よその家をのぞいたりするのは悪いことだもん」

「わたしたちに気がついたら、その人、わたしたちを襲《おそ》うかな」

わたし、きゅうにさむくなった気がして、ぶるっとふるえた。

「だから、見つからないようにここにかくれてるんじゃない」

「そうか。見つからないようにしようね」

「中ちゃん、あのね、ちょっときいてみるんだけどね、ずっとまえから気になってたんだけど、もしかして学校におびえてる?」

センくんは目をあの家にむけたまま、いった。

「おびえてはいないよ」

「だって朝、いつも校門のところで立ちどまっちゃうだろ」

「なんか足が前にでなくなるの」

「そんなに学校がいやなんだ。いやなのに学校に行くのってつらいね」

「つらいのかどうかはわかんないけど、校舎《こうしゃ》が見えると、うわっておもうの。なんか十階だての大きなビルがどんと建ってる気がするんだよね」

わたし、あの二階の窓から飛びおりようとしている女の子のことはいわなかった。だって、そんなことをいったら、わらわれるにきまってるもん。

「そうか。こわいね。先生もこわいの?」

「こわいっていうか」

わたしはちょっとだまった。どういったら、あのいやな感じをうまくセンくんに話せるか、かんがえたの。

「あのね、わたし、リコーダーがきらいなの。ぜんぜんたのしくないしね。指で穴《あな》をうまくふさげないし。吹《ふ》かないでいたら、『どうしてできないの』って夏山先生にいわれたの。『わかんないけど、できないです』っていったら、ほかの子が『でた、わかんないちゃん』てわらったし、先生からは『ほかの人ができることは、あなたにもできるはずよ』っていわれたの。だから、わたし、リコーダーをバンッて、机《つくえ》に置いたの。そんなこと、一番いわれたくないことだったから」

「ほおっ」

と、センくんは息をはいた。

「そんとき、いやだ、いやだ、いやだ、って声が体のなかからきこえたんだ。その言葉がわたしの体をぐるぐるまきにしているのがわかったの」

「ぼくね、中ちゃんのそういうとこ、うらやましいよ。ぼくだって、いやだなあっておもうことはあるよ。だけど、どうしても、いわれたとおりにしてしまうんだ。こんなことじゃだめだ、だめだ、とおもっていても、つい、しちゃうんだ。そうじゃなくなりたいとおもっているのに。ぼくは先生にほめられたがってるのかな、ってかんがえたりするよ。そうおもうと、じぶんがなさけない人間になった気がする。で、中ちゃんはほかのどんな楽器がすきなの」

うーん、とかんがえて、

「トライアングル」

ってこたえた。すっきりした三角の形がすき。

「すきな楽器があってよかったね」

そういって、センくんは指で顔のガーゼをそっと押さえた。

だけどね、ってわたしがいいかけたとき、あの家の門があいて、おじいさんがでてきた。

やっぱり人が住んでいたんだ。わかんなかったなあ。見ぬけなかった。まだまだ、わたし、研究がたりないなっておもった。

おじいさんはグレーの野球帽《やきゅうぼう》をかぶっていて、手に迷彩柄のバッグをさげている。門のとびらをしめ、こっちの道にでてきた。年は六十歳か、七十歳か、もしかしたら、もうちょっと上かもしれない。年取っている人の年齢って、わたしにもぜんぜんわかんなかった。

おじいさんがお寺の前をとおりすぎるのをまってから、センくんは「行こう。つけよう」って、小さい声でいった。

茶色のベストを着たおじいさんのあとをすこしはなれてついていく。

「こそこそしちゃだめだよ。かえってあやしまれるからね。あのね、ぼくらはいま、あそびに行ってるところなんだからね。そういう顔をして、そういうふりをして、ふつうにあるくの」

センくんがわたしの耳に顔を近づけていう。

わたしはだまってうなずく。なにかセンくんとはなしをしたほうがいいかな、そのほうが自然な感じになるかなっておもったけど、なにを話したらいいかぜんぜんわからないの。だから、だまってあるいた。

おじいさんは一度も後ろをふり返らなかった。そのままコンビニに入っていく。

「あ、もしかして」

と、センくんがいった。

「え、なに」

「サギかも。あのね、悪い人からケータイに電話がかかってきて、コンビニのＡＴＭからお金をふりこませるんだよ」

「どういうこと」

「悪い人が年取った人にうその電話をかけて、いまお金をふりこまなきゃ損《そん》をしますよ、とか、いうの。だますんだ。振《ふ》り込《こ》めサギっていうんだけど。年を取って、近くに相談する人がいない人からお金を盗《と》るの」

「たいへんじゃん。警察《けいさつ》にいったほうがいいよ」

「だって、おじいさんはいまのところ、ただコンビニに入っただけだよ。まだいえないよ。ぼくらも行こう。ＡＴＭのところに行ったらあやしいからね。お金をはらわないように、いってあげたほうがいいかもしれない」

センくんとわたしもコンビニに入っていった。胸《むね》がどきどきしている。わたしたちが止めたら、おじいさん、わたしたちのいうことをきいてくれるかな。こどものいうことなんてきいてくれないんじゃないかな。こどもって、こどもだっていうだけで、どうして信用してもらえないのかな。こどもでいるのって、こういうとき、ほんとにくやしい。

おじいさんは店の奥にむかった。のみものの冷蔵庫《れいぞうこ》をあけ、ちょっとまよってから、お茶のペットボトルを一本取ってかごに入れた。それからスナック菓子《がし》のコーナーでポテトチップの袋を一つ取った。そのあとお弁当《べんとう》のコーナーの前で、しばらくのあいだ行ったり来たりしたあと、手を伸ばして鶏《とり》のからあげ弁当をつかんだ。

買いものはそれだけだった。レジでお金をはらうと、おじいさんはATMのほうへは行かず、そのまま店をでていった。

ふうっと、わたし、ため息をついちゃった。

「お金、盗られたりしてないよね」

センくんにいうと、

「きょうのところはセーフ」

と、センくんはいった。

「これからどうするの」

「見張る、もうちょっと。あの男がまた来るかもしれないから。中ちゃん、つかれたの?」

「パトカーが来るところばっかり想像《そうぞう》していたら、つかれちゃった。帰ってもいい？」

「あのね、この調査《ちょうさ》はひみつだからね。だれにもいっちゃだめだよ。もうちょっといろんなことをしらべなきゃいけないから」

「わかった」

わたしはコンビニの前でセンくんに、ばいばい、といった。

あのおじいさん、家に帰ってから鶏のからあげ弁当をたべるんだろうな、とかんがえた。そのあと、おやつにポテトチップもたべるんだろうな。いいなあ。ハハにからあげを作ってってたのんでみよう。

わたしは空を見あげた。空は晴れている。センくん、きょうは傘《かさ》をもっていなかった。雨は一パーセントもふらないんだ。

9

ハハはさっきからずっと電話で話している。わかってる。相手は持丸さん。ハハは「そうねえ」といったり、「わかるけど」といったり、「どうなんだろう」といったりしている。ときどき首をひねったり。

「ねえ、どこからネイル・アーティストってアイデアがわいてきたの。きのうは日本画家になりたいっていってなかった？　いったいどっから、そんなことをおもいつくんだろう」

ハハはいって、小さくため息をついた。電話のむこうの持丸さんにはきこえないくらいの小さいため息。

持丸さんはなんてこたえているんだろう。わたし、ハハの電話なんてきくつもりはないのに、いつのまにか読みかけているマンガのページをひらいたまま、ハハの声をきいてしまっている。

「ねえ、香《かおり》さん。インターネットの見すぎじゃないの？　インターネットでそんな情報《じょうほう》ばっかりついばんでいたら、頭のなかがきれぎれの情報でいっぱいになって、ほんとは自分がなにをしたいのか、わからなくなるよ。いまの自分がつまんない者におもえて、それから、みじめにおもえたりするんじゃないの？　ね、ちゃんと現実《げんじつ》の生活を大事にするのよ。香さんは毎日、いい記事を書いてるじゃない」

はなしはまだまだつづきそう。

わたし、窓《まど》のところに行って、あけて外を見た。どうしてだか雨がふっているような気がしたから。暗い庭に雨はふっていない。

お天気のいい休みの日にはいつもそうするように、ハハは朝、窓という窓をあけ、床《ゆか》にそうじ機をかけてから、庭にでて草むしりをした。

この家はハハのおじいさんが建てた家で、ハハはこの家で生まれたんだって。そのときにはハハのおかあさんはもちろん、おとうさんもいっしょに住んでいたそうだけど、いまは、ハハのおとうさんとおかあさん、つまり、わたしのおじいさんとおばあさんは大分で暮《く》らしている。二人はあっちでパン屋をしているの。おじいさんの焼いたシナモンロールとピロシキが、わたしはだいすき。それを知っているから、二人でうちに来るときにはかならずもってきてくれる。わたし、おじいさんに「どうしてこの町でパン屋をやらなかったの」って、きいたことがある。

おじいさんは、はあっ、と大きい声をだしてから、「あのなあ、人生、なにがあるかわかったもんじゃないんだよ。ちょっとしたきっかけ、ちょっとしたひらめきみたいなもんが人生を動かしたりするんだよ」ってこたえたの。

「どういう、ちょっとしたきっかけと、ちょっとしたひらめきがあったの」

「それを話せば、まあ五時間はかかるな」

おじいさんはわらった。

「そんなに時間がかかるんじゃ、ちょっとしたきっかけじゃないよね」

「まあ、ふしぎなもんだよ。だが、おれとおばあさんの決断《けつだん》はまちがっちゃいなかったよ」

なあ、とおじいさんはおばあさんにいった。

「まちがいもなにも、おじいさんはおもいたったら、やめないもん。やめないのなら、やるしかないもんねえ」

おばあさんがわたしにいった。

わたしは首をかしげただけ。だって、そんなふうになにかをきめたことはこれまでないもん。

おじいさんとおばあさんのことをおもいだしているうちに、わたし、かんがえはじめてた。チチとハハも別居《べっきょ》をきめるとき、そんなふうにかんがえたのかなって。ちょっとしたきっかけで別居をかんがえて、そうかんがえはじめたら、もうやるしかないっておもって、それで別居をきめちゃったのかな。そうおもうと、気もちが暗くなった。そこには、わたしのことが含《ふく》まれていないような気がしたから。

昼ごはんをたべてから、ハハといっしょに市民会館に山野草展《さんやそうてん》を見にいった。展示室《てんじしつ》にずらりと野草の鉢《はち》が並《なら》んでいて、たくさんの人が一つ一つの鉢を熱心に見ていた。野草って、もちろん草なんだけど、とってもきれいだった。大きい鉢や小さい鉢にいろんな草や花が植えられていた。こんもりした緑の苔《こけ》のなかから長い茎《くき》が伸《の》びでているのや、よせ植えの鉢に紫色《むらさきいろ》の花がさいているのもあった。こんなにたくさんの種類の草が山や野原にはえていることにおどろいた。こんど道をあるくときには道ばたの草をよく注意して見なくちゃ、とおもった。どの草にも名前があって、葉っぱも花も小さくてもとってもきれい。草がいっぱいあってうれしいなあ、とおもった。草が大事にされてうれしいなあ、とおもった。

ハハは帰りに、入り口のところで売っていた小さなナルコユリを買った。「朝、庭を見ていて、コゴメザクラの下になにか植えたいなあ、とおもってたの」と、ハハはいった。そして家に帰ってから、いったとおり、コゴメザクラの下にナルコユリを植えた。

窓をしめてふり返ると、ハハと持丸さんの電話はおわっていて、ハハはテーブルの前にぼんやりした顔ですわっていた。

「どうしたの」

「なんだろう。自分がなさけなくなっちゃった、なんだか」

「持丸さんに、いやなことをいわれたの？　わたし、持丸さんが香って名前だってこと、はじめて知ったよ」

「たしかにいいお名前ね。そうじゃなくて、あたしって、ちょっとえらそうにしてるなって、自分でおもって。話しているとちゅうで、そのことに気づいたのに、えらそうに話すことをやめられなかったの」

「アドバイスしてたんじゃないの？」

「アドバイスしているときって、自然にえらそうになっちゃうってことに、はじめて気がついた。いやだなあっておもった。えらそうにするのって、はずかしいことだもんね。あたしが、なにかをわかっているわけでもないのに」

「でも、香さんはハハのアドバイスがほしかったんでしょ」

「まあね。そうかもしれない。あたしが香さんより六つ年上だから、あたしのほうがものごとがわかっているって、香さんはおもってるのかもしれないけど」

「わかってるんじゃないの」

「ちがうのよ」

ハハは大きい深いため息をついた。

「なんにもわかってなんかいないの」

「そうは見えないよ。ハハはいろんなことをわたしにいうじゃん」

「後悔《こうかい》ばっかり」

「ほんとに？」

「そうよ。きのうは取材した人にしかられちゃったし」

「その人、どういう人」

「油絵を描《か》いている人。このまえの県の美術展《びじゅってん》で賞をもらわれたから取材に行ったの。六十七歳《さい》だとおっしゃってた。ずっと高校で美術をおしえていた、とも、おっしゃってた」

ハハはまたため息をついた。

「どうしてしかられたの」

「失礼な質問《しつもん》をしたからだとおもう」

ハハはキッチンに行き、カップにコーヒーメーカーのコーヒーをついで、もどってきた。

「雨、ふってる」

ハハはいった。

わたしはさっき窓の外を見たから、雨なんかふっていないのを知っていたけど、だまっていた。ハハの気もちはいま、雨みたいなのかな、とおもって。

「どんな質問」

「その人の家にはすごく広いアトリエがあって、そのアトリエではなしをきいたんだけど、イーゼルに大きい描きかけの絵がかかっていたのね。だから、その絵についてきいたの。つぶれた時計と、大きい百合《ゆり》の花が描いてあったの。その人、伊方《いかた》さんってお名前なんだけど、伊方さんがその絵について説明してくださったのね。『時計は過《す》ぎ去《さ》った時間を表しておる。そして百合は生きる力とうつくしさを表しておるんだ』っていわれたの」

わたしはつぶれた時計と百合の絵をおもい描《えが》いてみようとした。

「で、あたし、つい、『そんなふうに象徴《しょうちょう》されるものを言葉で説明してしまうと、かえって絵が小さくちぢまったものになるんじゃないんですか』って、いっちゃったんだ。そしたら伊方さんは『きみに絵がわかるのかね』っていって、あたしが『絵はだれでも、その人なりにわかるものなんじゃないでしょうか』っていったら、『きみらのような三流新聞の記者ごときに、わかってたまるか』と、おこりだしちゃったんだ」

「こわいね」

「べつにこわくはないけど、こまったなっておもっちゃった。だって、伊方さんの記事を書かなきゃいけないんだもん」

「それから、どうなったの」

「伊方さんは、これまでいろんな美術展で、どれほどたくさん賞をもらってきたか、ってことを話しはじめたの」

「じまんばなし？」

「まあ、そうね。最初はいやな気もちできいていたんだけど、そのうち、だんだんたのしくなっちゃったの、ふしぎなことに。賞って、こうやって、努力している人に元気を与《あた》えたりするんだなあって」

「で、伊方さんの記事は書けたの？」

「まあね。書いたよ。伊方さんが読んでもいやな気もちにならないように気をつけて書いたの。そんなおもねった記事がいい記事になるとはおもえなくて、自分がなさけなくなったの」

わたしはうなずいた。ハハの仕事のたいへんさがちょっとだけわかった。

「そういうとき、どうしたらいいとおもう」

ハハはわたしにきいた。

「わたし、わかんないよ。わかんないけど、ハハの書いた記事はきっといい記事になったんじゃないかな。ハハって、自分とは考えがちがう人のはなしをきくのがじょうずだもん。香さんの話もきいてあげてるし」

「そうなのよねえ。そこがあたしのだめなところで、ついつい相手にあわせちゃうからねえ」

ハハは棚《たな》に目をやった。ウイスキーのボトルに。でも、立って取りにいこうとはしない。


お風呂《ふろ》からあがったハハが「やっぱり雨よ」といったので、窓をあけると、いつからふりだしたのか、ざあざあ雨がふっていた。

ハハがお風呂に入っているあいだ、わたしはパジャマを着て、宿題とむきあっていた。社会のプリント一枚《まい》だけなのに、ぜんぜんやる気がしなくて、気がついたら、十回以上も「いやだなあ」って、口が勝手につぶやいていた。

「いやだなあ」

「どうしたの」

ハハがいった。

「やりたくないの」

「うーん、ちょっとわかる気がするよ。やりたくないことをやるのはつらいよ」

「ハハもそういうときがあるの？」

「あるよ。しょっちゅう。書いても書いてもいい文章が書けないとき」

「それは新聞の記事のこと？」

「それもあるけど、童話のこと。小さい人がわかってくれるように書くのって、とってもむずかしいの」

「言葉づかいが？」

「それだけじゃなくて、できるだけいい文章で書きたいから。いい文章って、なかなか書けないの。こんな年になっても書けないんだから才能《さいのう》がないんだとおもう。才能がないのに苦しむのってつらいよ」

わたし、じっとハハの顔を見た。ハハはとってもゆううつそうな顔をしている。

「ハハ、顔に保湿《ほしつ》クリームをぬった？」

と、わたしはきいた。

「クリーム？　ぬったよ。どうしてそんなことをきくの」

「だって、保湿クリームをぬったら、いつも顔がぴかぴかになるでしょ」

ハハはちょっとわらった。

「そうか、そうだよね。ありがとう、中《なか》」

「ハハの童話はおもしろいよ。いい文章で書いてあるとおもうな、わたし」

「ありがとう。そういってくれる人がそばにいてくれて、ハハはしあわせよ」

「ずっとそうおもってたよ。ハハはすごく才能があるって」

「なんか、ちょっと力がわいてきた」

ハハは両手を上にあげ、ぐるぐるまわした。


センくんから電話がかかってきたのは十時ちょっとまえだった。

ハハから受話器を受けとって、

「どうしたの」

ってきいたよ。こんな時間に電話をかけてきたことなんてなかったから。

「ひみつのはなしだよ」

センくんはいった。とっても小さい声で。そんなしゃべり方をするなんて、いわれなくてもぜったいにひみつのはなしだ、とすぐにわかった。

「うん」

「あした、ぼくとあの家に行ってよ。だから、学校を休むんだよ」

「え？」

わたし、おもわずハハの顔を見た。ハハはソファで本を読んでいる。

「なにがあったの」

「あのあやしい男が、きょう、またあの家の前を行ったり来たりしてたんだ。夕方もう一度見に行ったら、まだ家の前に立ってた」

「そうなんだ」

わたしは、センくんがお寺の門のかげに立っているところをおもいうかべた。

「こわくなかった？」

センくんはすぐには返事をしないで、すこしたってから、

「そりゃ、ちょっとはね」

といった。

「きっと、あしたも来るとおもうんだ。いよいよ、なにかが起きるかもしれない」

「わたしたち、こどもだよ」

「だから、あやしまれないんだよ。ね、朝、学校に行くふりをして家をでて、いつもの電信柱のところまでおいでよ」

「うーん」

わたしはまたハハを見た。

ハハはソファの背《せ》にもたれて目をとじていた。

「ずる休みって、センくん、学校のきまりをやぶることになるよ」

センくんはだまっていた。それから息をはきだすように、

「わかってる。だからやる」

といった。

「わかった、じゃ、そうする」

わたしはいって、受話器を置いた。

10

赤いオープンカーが遠くに見えた。とおもったら、あっというまにわたしのすぐそばまでやってきて、急ブレーキをかけて止まった。あぶないじゃない、とおもって、スピードだしすぎよ、って運転席の人に文句《もんく》をいおうとしたけど、でも、その人がこわい人だったらいやだな、ともかんがえて、わたし、すぐには口をひらけなかったの。

そしたら、車からおりてきたのはレンちゃんだったんだ。びっくりしちゃった。え、レンちゃん、もう車の運転ができるんだ、とおもって。

「運転免許《めんきょ》あるの？」

って、わたしがきくと、

「あるもん。シンガポールじゃ九歳《さい》から運転できるんだよう」

って、レンちゃんはいって、わらったよ。レンちゃんのほっぺにえくぼができた。とたんに、なつかしいっておもった。

それから、そうだったた、レンちゃんはシンガポールに行ったんだった、とおもいだしたの。三年生のときに。おとうさんがシンガポールに転勤《てんきん》になって、レンちゃんも、おかあさんといっしょに、ついていったんだった。レンちゃんのこと、どうしていままで忘《わす》れていたんだろう、と、そのことがちょっとはずかしかった。

「シンガポールはたのしいの？」

って、わたし、きいた。

「たのしいよ。たべものもおいしいし。毎日、プールでおよいでる」

って、レンちゃんはにこにこわらってる。それから、

「行こうよ」

って、レンちゃんは車のドアをあけてくれた。

オープンカーに乗ってみると、その車はちゃんとこどもサイズになっていた。レンちゃんの足はブレーキのペダルにも、アクセルのペダルにもとどくし、ハンドルだって小さいの。こども用の車ってあるんだね。

レンちゃんはすぐに車をスタートさせた。みるみるスピードがあがる。

「ねえ、スピード違反《いはん》で警察《けいさつ》につかまっちゃうんじゃないの？」

って注意すると、

「こわがらなくてもいいの。こどもはスピード違反じゃつかまらないことになってるんだから」

って。

そんな法律《ほうりつ》ってあるのかなあ、とおもいながらまわりを見ると、見たことのない景色が広がっていた。広い草地に牛があっちこっちでぶらぶらしている。見たことのない植物が道ばたにはえているし、バナナの木もずらりと並《なら》んでいる。風が気もちいい。

「ねえ、レンちゃん。また日本に帰っておいでよ」

って、わたしがいうと、

「わかんない。おもしろいことがあるんなら、帰るけど」

って、レンちゃんはいって、

「はい、着いた」

と、車を止めた。

そこは、わたしがかよっている小学校の前だった。

「ねえ、どうしてここ」

ききながらレンちゃんを見ると、運転席にすわっているのはレンちゃんじゃなくて、石先生だった。

「学校をさぼって、こんなところでなにしてるんだ」

って、先生はこわい顔をしていった。

うわあ、どうしよう、とおもったとき、目がさめた。

部屋は暗かった。

わたしは目をあけたまま、肌《はだ》かけの下でじっと動かずにいた。耳をすませてみても、雨の音はきこえなかった。もうやんだみたい。

レンちゃんのことを、レンちゃんがいなくなってから、わたし、ずっとおもいださずにいたんだよね。どうしてるかな、とか、手紙をだしてみようかな、とかも、おもわなかった。どうしてだか、すぐ会えるような気がしていたの。レンちゃん、さみしかったのかな。だから、夢《ゆめ》で会いにきたのかな。

三年生になったばかりのときだったとおもうけど、わたしが服装《ふくそう》のことで先生に注意されていたとき、レンちゃんはわたしのそばにいてくれたの。

先生は「髪《かみ》にはリボンをつけないきまりになってるでしょ」って、わたしにいったの。

わたしは「はでなリボンはつけない、でしょう。これははでなリボンじゃありません」ってこたえたの。

そしたら先生は「ちがいますよ。『リボンはだめ』です。それから『はでな服装はだめ』です」って、しかめ面《つら》をしていった。

「ややこしくてわかりません」って、わたしはいったよ。だって、なにがだめで、どんなものだったらいいのか、わたしぜんぶおぼえていられないもん。

「そのブラウスだって、はでですよ」って先生はいった。

「どこがですか」ってきいたら、「フリルって、どう見ても、はででしょ。しかも二重になってるし。おかあさんが、そんなフリルいっぱいのブラウスを買ってくださったの？　だったら、おかあさんにも、服装のことをちゃんとお話ししなくちゃいけませんね」っていって、先生は腕《うで》をくんだ。

わたしは返事をしなかった。

先生が口をひらきかけたとき、レンちゃんが横から「どうやったら、はでか、はでじゃないか、わかるんですか。中《なか》ちゃんが、はでだとおもわなかったら、はでじゃないんじゃないですか」って、いってくれたの。

先生は「常識《じょうしき》ってことです。常識は大切よ。世のなかで生きていくときに、常識がなかったらこまりますよ」って、わたしたち二人にいったんだよね。

「うへえ」ってレンちゃんはいった。わたしも「うへえ」っていったの。

先生は「おうちの方にお話しします」っていったんだけど、そのあとハハから常識のことでなんかいわれたことはないから、先生がハハにはなしをしたかどうかはわかんない。


シンガポールのレンちゃんは、もしかしたら、わたしからの電話か手紙を、ずっとまっていたのかもしれない。悪かったなあ。ずうっとまたせちゃったのか。レンちゃんに手紙を書こう。

そんなことをかんがえたら、わたし、自分もなにかをまっている気がした。そうなの。わたし、ずっとまっているんだ。なにかを。それがなにかわかればいいんだけど、わかんないなにかをまってる。

ほしいものがあるわけじゃない。ハハやチチに、なにかしてほしいことがあるわけでもない。でも、なにかがたりない感じがする。そのことをずっとかんがえてきたわけでもないんだけど、いま、そのことにはっきり気がついたの。わたし、なにかをまっている。

わたしはベッドからでて、となりのチチの部屋に行った。部屋はチチのにおいがかすかにするけれど、もちろんからっぽ。わたし、ガラス戸をそっとあけてみた。しめった土のにおいがする。雨はやんでいて、外はうっすらあかるい。月がでているのかな。雨にぬれたハランの葉がかすかに光っている。

わたしは大きく息をすった。夜の空気が胸《むね》のなかに入ってきた。

11

朝、ごはんをたべていると、

「なにか、つらいことがあるの」

と、ハハがきいた。

「ないよ、べつに。どうして」

ってきき返した。どうしてそんなことをきくの、っておもったから。

「だって、なんだかつらそうな、というか、悲しそうな顔をしてるもん」

「わたしが？」

「そう」

ハハは、片方《かたほう》の手にゆでたまごスタンドを、もう片方の手にスプーンをもって、うなずいた。

わたし、かんがえてから、

「つらくないよ。でも、ちょっとだけ悲しいかも」

ってこたえた。

「なにが悲しいの」

わたしはまた、ちょっとかんがえた。

「わかんない。わかんないけど、そんな気分」

「そう」

ハハはうなずいてから、スプーンでゆでたまごをすくってきれいにたべた。

「なにが悲しいかがわかったら、話してくれる？」

「わかった」

ハハはわたしの顔をじっと見て、

「よし」

といった。

それから時計を見ると、

「とりあえず、いそいでしたくしなくちゃ」

と、立ちあがった。

わたしはいつものようにランドセルをせおって家をでた。ランドセルのなかには教科書もノートも、なにも入っていなくて、からっぽ。

角をまがると、電信柱のところにセンくんがいるのが見えた。ランドセルをしょってないし、本を入れた布袋《ぬのぶくろ》も、傘《かさ》ももっていない。わたし、おもわず空を見あげちゃった。雲は一つもなくて、きれいに晴れている。

「おはよう」

センくんのそばまで行っていうと、

「わりぃ」

と、センくんはいった。

「なにが」

「あのね、これから、おばあちゃんと病院に行くことになったんだ。ぼくが『目のまわりがいたいから、きょう学校を休みたい』っていったら、おばあちゃんが『そりゃいけない。傷口《きずぐち》にバイ菌《きん》が入ったのかもしれない。すぐ病院に行こう』って。おばあちゃん、でかける用意をして家でまってるから、ぼく家に帰るよ」

「そうなの。じゃあ、わたし、どうすればいいの。一人でお寺に行って、あの家を見張《みは》るの？」

それはいやだなあ、とおもいながらいった。

「あ、だいじょうぶ。そんなこと、しなくていいから。ぼく、すぐ帰ってくる。それから中《なか》ちゃんの家に電話するよ。だから、家でまってて」

「わかった」

わたしは背中《せなか》のからっぽのランドセルをゆすった。


家にはハハがまだいるとわかっていたから、わたし、家には入らずに、こっそり庭をとおって勝手口へまわった。ハハの部屋の窓《まど》の前をとおるときも、居間《いま》の窓の下をとおるときも、背中をまるめていそぎ足でとおりすぎた。ハハは、朝のこの時間はハハの部屋にも、居間にもいないことを知っていたから、見つかりっこないとわかってたけど。ハハはでかけるまえには、クローゼットから服をえらんで鏡の前で着がえ、それから洗《せん》面所《めんじょ》に行ってお化粧《けしょう》をするの。窓の外を見たりはしない。

わたしは勝手口の横の、低いブロック塀《べい》に腰《こし》をかけた。

塀のむこうの家に住んでいる井々《いい》さんに見つからないか気になったけど、井々さんはものすごいお年よりだから、こんな時間に外にでてきたりしないのを、わたし知ってる。

目を上にむけると、そばのヤマボウシにみどりの葉がいっぱいでている。もうちょっとしたら白いきれいな花が上をむいてさく。

家のなかでドアのしまる音がした。ハハが洗面所からでてドアをしめたんだ。これからハハはテーブルのショルダーバッグを取りあげ、廊下《ろうか》を玄関《げんかん》にむかうはず。足音はきこえないけど、ハハの動きはわかる。

いまにも玄関のドアがしまる音がきこえてきそう、とおもって耳をすましていると、家のなかでハハの声がしはじめた。だれかとしゃべっているみたい。電話だ。ハハのわらい声がきこえる。

「わかりました。ありがとうございます」

っていってる。

「またご連絡《れんらく》いたします」

家のなかで話している声が外まできこえていることに、わたし、びっくりした。

ハハの声がしなくなったとおもったら、すぐに玄関のドアがしまる音がした。

わたしは立ちあがって、庭をそろそろと玄関のほうへ移動《いどう》する。玄関に鍵《かぎ》をかける音がして、そのあと門のとびらのかけ金をかける音もした。ハハの足音が遠ざかっていく。近くの駐車場《ちゅうしゃじょう》にとめてある車に乗って、ハハは新聞社へむかうはず。

足音がすっかりきこえなくなったあと、わたしは二十ほど数をかぞえてから玄関にまわった。いまハハがかけたばかりの鍵をあけて家に入った。

くつをぬいで家にあがり、廊下をとおって居間に行く。気がつくと、わたし、足音を立てないようにしてあるいていたの。おもわずわらっちゃった。

「やれやれだ」

大きい声でいった。

からっぽのランドセルをおろして、ソファに寝《ね》ころがった。

悲しいような気もちは、まだ、うっすらあった。自分の気もちなのに、気もちってわからない。心のなかがさむいような気がちょっとだけする。

両手で顔をごしごしこすった。悲しい気もちじゃなくなりたいから。ハハにうそをついて学校をずる休みしているから、だから、悲しい気もちになってるのかもしれない。

それとも、なにかをまってる気もちがふくらみすぎて、悲しい気もちになったのかなあ。自分の気もちってややこしい。

持丸香さんも、なにかをまっているのかな。だから、いまの仕事じゃない仕事をさがしつづけているんだろうか。ここはいやだ、とおもう気もち、わたし、ちょっとだけわかる。わたしは学校にいるとき、そうおもうから。ここじゃないよ、わたしのいるところは、って。日本じゅうのこどもは、重い病気にかかってどうしても学校に行けない子のほかは、どんな子もみんな学校に行かなきゃいけないのかな。どんなにいやでも、行かなきゃいけないの？　学校に行かない子はまちがったこどもってことになるの？

電話が鳴って、びっくりした。いつのまにかねむってしまっていた。電話はセンくんからだった。

「行こう、いますぐ」

センくんはいった。

「わかった」

「キャンディとか、たべてるの？」

センくんはいう。

「たべてないよ」

「そんな声だよ」

「ねむってた」

「のんきだね。大事件《だいじけん》が発生中だというのに」

「ほんとに、ほんとの大事件なの？」

「だとおもう」

じゃ、といって、センくんは電話を切った。

わたしはいそいで玄関にむかった。

電信柱のそばにセンくんは立っていた。いつものリンゴのリュックをしょって、布袋をさげている。

センくんはわたしをまたずに、あるきだした。

わたしたちはなんにもしゃべらず、いそぎ足であのお寺にむかった。

お寺の門をくぐろうとしたとき、

「あ」

と、センくんが声をあげた。

センくんが見ているほうを見ると、男の人があの家に近づいていくところだった。若《わか》いようにも、そんなに若くないようにも見える。

「あいつだよ」

わたしはうなずく。

髪《かみ》を後ろでたばねている男は黒いスウェットを着て、背中に青い大きいリュックをせおっている。ゆっくりとあの家の門に近づくと、背伸《せの》びをするようにして塀のなかをのぞいた。

こっちをふりむいたりしたらいやだな、とおもって、お寺の門からさらに奥《おく》へじりじりと入りかけたとき、男がインターフォンを押《お》した。とおもったら、男はすぐにぱっと門からはなれ、むこうへむかってかけだした。

わたし、おもわずセンくんのTシャツのすそを引っぱった。

センくんはわたしのほうは見ないで、

「しっ」

といった。

「どうするの」

「まって。もうちょっとようすを見よう」

センくんは動かない。

「あいつがインターフォンを押したのははじめてだ。いままでは、家の前を行ったり来たりしてただけだから」

「おじいさんに用事があるのかな」

「だったら、にげないでしょ」

なんだか、おなかの底のほうがそわそわしてくる。いやな気もちがふくらんでくる。悪い予感。わたし、センくんにくっついた。

「だいじょうぶだってば」

センくんはあの家を見たまま、小さい声でいった。

「ずっとまってるの？　なにを」

そういったとき、さっきの男がむこうからあるいてくるのが見えた。わたしはセンくんの腕《うで》をつかんだ。

男は家に近づいてくるにつれ、だんだんあるく速度がおそくなって、それから門の前まで来ると、さっきとおなじようにつま先立ちになって、塀のなかをのぞきこんだ。

それから門のとびらをそっと押しひらくと、何歩かなかに入って、そこでまた立ちどまった。じっと家のようすをうかがっているみたい。

すこしすると、男はまた門からでてきた。とびらをしめ、そしてインターフォンをまた押した。

何秒間か門の前に立っていたけど、男は門からはなれて、こんどはさっきとは反対の、わたしたちのほうにむかって走ってきた。

うわっ、とおもって、センくんの後ろにかくれた。こわい。

男はわたしたちをちらっと見たけれど、話しかけてきたりはしないで、そのままとおりすぎていった。

センくんがふうっと大きい息をついた。

「あの人、どろぼうなの？」

「じゃないような気がするけど。でも、わかんないな。悪いことをする人ってね、たいてい悪いことをするような顔はしてないんだ」

「ねえ、どうしておじいさんはでてこないんだろう。インターフォンがこわれてるのかな」

「あ」

と、声をあげてセンくんはふりむき、わたしを見た。

「え、なに」

「そうだよ、そうだよ。中ちゃんのいうとおりだ。おかしいよ。二回もインターフォンを鳴らしたのに、でてこないなんて」

「留守《るす》じゃないの。またコンビニに行ってるのかもしれないよ」

わたしはこのまえ、おじいさんが買っていたからあげ弁当《べんとう》をおもいうかべた。

「そうかもしれないけど、そうじゃないかもしれない」

いいながら、センくんはお寺の門をでた。

わたしもそうした。

12

わたしたちは男が走っていった道の先を見たり、おじいさんの家を見たりした。

なにも起きない。

「どうする」

わたしはきいた。

「うーん」

といってから、センくんは道を渡《わた》り、そこで立ちどまった。わたしも道を渡った。

「帰る？」

「うーん」

センくんは首をかしげてから、

「なんか、もやもやしてる」

といった。

「もやもやって？」

わたしはセンくんの目の上にはられているあたらしいガーゼを見た。

「傷《きず》、いたくないの？」

「いたくないよ。お医者さんは『だいじょうぶ。だけど、はげしい運動はだめ』っていっただけ」

センくんは本が入っている布袋《ぬのぶくろ》をわたしに渡すと、リュックを肩《かた》からはずし、なかからピンクの水筒《すいとう》を取りだした。そして、水だかお茶だかをのんだ。

「学校にもっていく水筒は青じゃなかったっけ」

「ぼく、ほんとはピンクとか、赤とか、あかるい色がすきなんだけど、ピンクの水筒を学校にもっていったら、わらわれるじゃん」

「何色でもいいんじゃないの」

「男のくせに、とかいわれるじゃん。そういうの、めんどうくさい」

「そうやってまわりにあわせていたら、ずっとまじめなセンくんからぬけだせないんじゃないの？」

「わかってるんだ、それはね」

センくんは水筒をリュックにしまうと、わたしの手から布袋を受けとり、「よし」といった。

センくんはおじいさんの家の前まで行くと、立ちどまってわたしを見た。

「だいじょうぶだよね」

「うん。だいじょうぶ」

と、わたしはこたえた。

センくんは色のあせているインターフォンを五秒ぐらい見つめたあと、インターフォンにむかってうなずいた。それからゆっくりと人さし指を近づけた。

インターフォンを押《お》したあと、耳を近づけているセンくんの顔をわたしは見ていた。センくんの表情《ひょうじょう》はかわらない。

「問題はここからだけど」

体を伸《の》ばしてから、センくんはわたしにいった。

えーと。わたし、あわてて頭のなかの考えをまとめはじめる。

わたしたち、どろぼうじゃないよ、と、まずかんがえた。わたしたち、おじいさんになにか用事があったっけ、とかんがえる。なにもない。じゃあ、なに？　へんな人がおじいさんの家のまわりをうろついてますよ、っておしえてあげなきゃ、ってこと？　そう、そのこと。そのことはおじいさんにいってあげたほうがいい。だけど、へんな人について、どう説明すればいいのかな。さっきのあの人、強盗《ごうとう》には見えなかったけど。人は見かけによらない、ってハハはよくいうから、どうかな。

センくんはまたインターフォンを押した。こんどは、さっきよりも長めに。そして指をはなすと、もう一度押した。

「おじいさん、やっぱりコンビニかな」

と、わたしはいった。それしか、おじいさんの行き先をおもいつかなかったから。

「どうだろう」

センくんはそっと門のとびらを押した。

クゥィィ。

小さな音を立てて、とびらは開いた。

センくんは足音を立てずにゆっくりすすむ。

わたしももちろんついていく。

玄関《げんかん》の前まで行くと、

「ごめんください」

センくんは声をかけた。

わたしは玄関の戸を見つめる。桟《さん》にほこりが白くつもっている。戸の横にほうきが立てかけてあって、そのそばにはよごれた広告の紙なんかがちらばっている。まるでだれも住んでいない家のように見える。上を見ると、「宮《みや》」と書かれた表札がかかっていた。

「ごめんください」

センくんはさっきよりも大きい声をだした。

ほんとにこの家にだれかが住んでるのかな、とおもう。このまえ見たおじいさんは、あのあとどっかに行っちゃって、もうここには住んでいないんじゃないの、とおもいながら下を見ると、戸の前のコンクリートにうっすらとくつのあとがあった。ということは、やっぱりだれかいる。

あのね、と、わたしがセンくんにいいかけたそのとき、センくんが引き戸に手をかけた。

「いま、声がきこえた」

センくんはいった。そして戸をすこしあけた。

「鍵《かぎ》、かかってないの？」

わたしがきいたのに、センくんは返事をするかわりに、

「こんにちは。宮さん、こんにちは」

と、奥《おく》のほうにむかって、いった。

センくんがまたすこし戸をあけたので、わたしもセンくんの後ろから、暗い廊下《ろうか》の奥のほうをのぞいた。

「ああっ」

センくんが声をあげた。

廊下の奥に人がたおれている。

センくんは戸を大きくあけ、家に入った。

わたしもセンくんのあとからくつをぬいで家にあがり、たおれている人のところへ行った。

たおれていたのはあのおじいさんだった。

「だいじょうぶですか」

おじいさんのそばまで行って、センくんは声をかけた。

「だいじょうぶじゃないよ。見てのとおりだ」

「ころんじゃったの？」

わたしもいった。

「階段《かいだん》からおちたんだ。動けないんだ。見てのとおりだ」

おこった声でおじいさんはいう。

「どこがいたいんですか」

センくんはおじいさんのそばにしゃがんだ。

「どこって、どこもかしこもだよ。だから動けないんだ。骨《ほね》がおれているかもしれない。おれたばあいは動かないほうがいいらしい」

「いつ、おちたんですか」

わたしはきいた。

「さあな。だいぶまえだよ」

「もうすぐお昼ですよ」

センくんはいいながら、おじいさんの頭のあたりを見て、おなかのあたりを見て、足のほうを見る。

おじいさんの片方《かたほう》の足は伸びていたけれど、もう片方の足は外側にまがっていて、片方の腕《うで》が体の下に入りこんでしまっている。

「このまま、ここでうえ死にするわけにもいかん」

うめくように、おじいさんはいった。

「ぼくたち、どうすればいいですか」

「おまえたちみたいなこどもに、なにかできることがあるのか」

「お水、もってきましょうか」

「首も動かせんのだよ。水がのめるわけないだろう。こどもは役に立たんな」

わたしがいうと、

「立ちますよ」

くやしかったので、いった。

「そうか。じゃあ、だれか、おとなを呼《よ》んできてもらおうか」

「どこのおとなですか」

「そういうこともわからないのか。まったく役立たずだな。すぐそこの寺の住職《じゅうしょく》か奥さんを呼んできてくれんか」

「あ、わかりました。ぼく、お寺に行ってきます」

センくんが立ちあがりかけたので、「まって」と、わたしは止めた。

「わたしが行ってくる。センくんはここにいてよ」

わたし、おじいさんと二人きりになりたくなかったの。

わたしはセンくんとおじいさんのそばをはなれた。


びっくりした。

玄関の戸をあけると、そこにさっきの男が立っていたんだもん。

「だれ」

わたしはいった。

「だれ」

と、男もいった。

「あやしいこどもではありません」

「どうしてここにいるの」

「おじいさんがけがをしちゃったんです」

「ええっ」

その人はわたしを押しのけて家に入った。そして奥のおじいさんとセンくんのところに行くと、

「どうしたんだよ」

と、どなるようにいった。

「大きい声をださなくてもちゃんときこえる。耳はいいんだ、昔から」

たおれたまま、おじいさんはいった。

「骨折《こっせつ》したかもしれないって。この階段からおちたそうです」

センくんは男を見あげていった。

「これだからなあ」

と、男はいった。

「おまえはいったい、どこのどいつだ」

おじいさんは男を見ないでいった。さっきの男の声にまけないどなり声で。

「息子《むすこ》を忘《わす》れる親がどこにいる」

男はいう。

え、息子？　わたしはおどろいてその人を見た。息子なら、どうして家の前をうろうろしてたの、ときいたかったけど、きかなかった。こどもはややこしいはなしに首をつっこんじゃいけない。そういうこと、わたし、わかっちゃってるの。

「何年も連絡《れんらく》がつかないままの、行方《ゆくえ》しれずの息子を心配しつづけるほどあほらしいことはないだろう。忘れられて当然だ」

あ、いたた。首を動かそうとしたおじいさんがうめいた。

「あのう、病院につれていってあげたほうがいいとおもいます」

センくんがいうと、

「そうみたいだね。救急車を呼ぼう」

その人はケータイを取りだした。

「やめろ。そんな大げさなことはしないでくれ」

「動けないんじゃ、どうしようもないじゃないか」

おじいさんの息子らしい人は電話をかけはじめた。

救急車は大きい音でサイレンを鳴らしながらやってきた。

「やれやれ。よけいなことをしやがって。救急車の世話になるなんて。おれもおしまいだな」

救急隊員が担架《たんか》をもって家に入ってきた。

それから、てきぱきと血圧《けつあつ》をはかったり、どこがいたむかをたずねたり、何時ごろに、どんなふうにおちたのかをたずねたり、どこかに傷がないかをしらべたりした。

「センくん、帰ろうよ」

わたしはいった。

センくんは救急隊員がしていることをのぞきこむようにして熱心に見ている。

「帰るのはまってください」

おじいさんの息子がいった。

救急隊員は二人がかりでおじいさんを担架に乗せ、ゆっくりと外にはこびだしていった。

「ぼくは救急車に乗って病院についていかなきゃいけないから、きみたち、悪いけどちょっと留守番《るすばん》しててくれませんか」

おじいさんの息子はいった。

え、どうして、といおうとしたら、センくんがすばやく、

「わかりました、いいですよ」

って返事しちゃった。

救急車はまたサイレンを鳴らしながら遠ざかっていった。

「どうする。センくん」

「まつしかないよね」

センくんはこたえた。

13

おじいさんの息子《むすこ》が帰ってくるまで、わたしたちは階段《かいだん》に腰《こし》かけていた。だって、知らない家のどこにいたらいいか、わかんなかったから。目の前には台所があって、そこにはテーブルと、いすが三つあったけど、よその家の台所に勝手に入っちゃいけないとおもったの。

あかるい台所はとってもごちゃごちゃしていた。うちよりずっと。流し台には、おなべや、フライパンや、おしょうゆのボトルや、食器なんかがすきまがないほど置かれている。流し台の下の床《ゆか》にも、大きいおなべや、いろんな瓶《びん》が置かれているし、部屋のあちこちにふくらんだポリ袋《ぶくろ》がいくつもころがっている。スリッパや、新聞紙の束や、なぜだか傘《かさ》もある。そしてテーブルの上は、どんぶり鉢《ばち》や、グラスや、メガネや、カップ麺《めん》なんかでいっぱい。

センくんは救急車が行ってしまうと、階段に腰かけ、布袋《ぬのぶくろ》から本をだして読みはじめた。ときどき「くっ」と声をだしたり、「そうか」といったりした。

まえに、センくんにハハが書いた本をあげたら、センくんはその場ですぐに読みはじめた。読みおえると、ハハに「こういうタヌキのいる町に、ぼく、住みたいです。まさかっておもいながらきくんですけど、こういう町、ほんとにどっかにあるのかなあ」ってきいてた。「ざんねんだけど、ないとおもう」ってハハがこたえると、「そうですよね。わかってます。だけど、ぼく、やっぱりどっかにあるような気がする」って、センくんはいった。

「ああ、おもしろかった」

階段の、わたしより二段上に腰かけていたセンくんは読んでいた本をとじた。

センくんが本を袋にもどしたあと、わたしたちは、目の前のごちゃごちゃしている台所を、まるで庭をながめるみたいにながめながら、いろんなはなしをした。

センくんのけがのことや、センくんのおばあさんは山登りが趣味《しゅみ》で、しょっちゅうセンくんをつれていきたがるのでこまってる、というはなし。それから夜の音のことも。

「夜って、昼間はきこえない音がきこえるよね」

って、センくんはいった。

「どんな音」

「電車の音とか」

「ほんとに？　センくんの家から線路まではだいぶあるよ」

「それが、きこえてくるんだ、夜になると。もちろん電車は見えないよ。けど、カタカタ、カタカタって、とおりすぎていく音がきこえる。ずっとまえにはフクロウの声もきいたよ。もしかしたらアオバズクだったかもしれないけど。わくわくした。夜の空がものすごく大きく広がったような気がした」

わたし、センくんがうらやましくなった。

「あれからずっとまってるんだけど、フクロウ、もどってこないんだよね。あ、もしかしたらアオバズクね。のら猫《ねこ》の鳴き声もきこえるし、だれかの足音とか、車のタイヤの音とか、自転車のブレーキ音。よその家の電話の音とかも。じゃーっと水のながれる音も」

センくんが夜、庭に立っているところを想像《そうぞう》してみる。暗い庭に一人で立っているセンくん。

「葉っぱがゆれる音も。だれかを呼《よ》んでる声とか。もちろん、ぜんぶ見えないよ。暗いんだから。音や声がきこえてくるだけ。だけど、そういういろんな音がしてるのに、夜ってしずかなんだよね」

「どっちからきこえてくるか、わかるの？」

「うーん。わかるときもあるけどね。でもたいていはわかんない。暗いからね。暗いと、方角が消えるのかな。どの音も、ぜんぶ遠くからきこえるような気がする」

「うちのハハは、雨の音がきこえるって、夜にときどきいうけど」

「雨の音？　雨がふってるときにはだれにでもきこえるんじゃないの？」

「ハハは、ふってないのにきこえるらしい」

「そうか」

センくんは台所を見ながらうなずいて、

「ね、あの写真のあかんぼう、さっきの人かな」

といった。

センくんが見ているのは台所の壁《かべ》の高いところにかけてある額《がく》に入った写真らしい。立ちあがって、台所に一歩だけ足をふみ入れて写真を見た。家族の写真みたい。立っている男の人のそばに、いすにすわった女の人がいて、腕《うで》にあかちゃんをだいている。

はっきり見たくて、もう一歩、台所に入った。

男の人はあのおじいさんなんだろうか。ということは、あかちゃんがあの息子かな。

そうだとしたら、ずいぶんまえの写真だ。白い額は黄ばんでいるし。

「このおかあさんはどこに行ったんだろう。まさか、死んじゃったのかな」

ふりむいて、センくんにいった。

「わかんないよ」

センくんが階段から腰をあげたとき、玄関《げんかん》の戸があいた。

さっきの、おじいさんの息子が家に入ってきた。

「ごめんなさいね。またせてしまいましたね」

その人は廊下《ろうか》をわたしたちのそばまで来た。

「じゃあ」

といって、わたしたちが帰ろうとすると、

「あ、ちょっとまって」

その人は止めた。

「ほら。ここに弁当《べんとう》を」

その人は、手にさげているポリ袋を上にあげてみせた。

「コンビニで買ってきたんです。たべてください。お礼っていうか。ね、おなかすいてるでしょ」

そういうと、その人は台所に入っていき、テーブルの上を片《かた》づけはじめた。

「ちらかっててごめんなさいね。こんなことになってるんじゃないか、とおもってましたけどね。おやじ、うまく片づけたりできないたちなんで」

テーブルを広くして、そこにポリ袋からお弁当を三つだして並《なら》べた。

「たべてください」

その人は、センくんとわたしのために、いすを引いてくれた。

「どうする」

小さい声でセンくんにいった。

「どうする」

センくんもいった。

「じゃ、いただきます」

そういって、わたしはその人が引いてくれたいすに腰をおろした。わたし、ほんとにおなかがすいていたし、どうしてだかすぐに帰っちゃ悪い気がしたの。棚《たな》に置かれている時計を見ると、一時を過《す》ぎていた。

「じゃあ」

といって、センくんも腰をおろした。

目の前に置かれているのは鶏《とり》のからあげ弁当だった。

からあげ弁当はあたたかくて、おいしかった。わたし、これがたべたかったんだ。このまえ、おじいさんがコンビニでからあげ弁当を買うのを見たときから。

「きみは、ぼくを見張《みは》っていたでしょ」

その人ははしを止めて、センくんにいった。

センくんがどきっとしたのがわかった。頭をびくんとさせたから。見張っていたことを気づかれてたんだ。だとすると、わたしのことも？

その人を見ると、その人、うなずいたの。でも、おこってる顔じゃない。

「おじいさん、骨折《こっせつ》してたんですか」

って、わたしはきいた。

「肘《ひじ》をね。それで入院になったんですけど、ほかは打撲《だぼく》ですんだんです。まあ、階段からおちたにしては軽くてすんだほうじゃないでしょうか。ぼくは着がえやなんかをもって、あとでまた病院に行かなきゃならないんですけど」

「悪い人かとおもったんです」

からあげをはしでつまんだまま、センくんはいった。

「そうですか。なるほど。ぼくが家のまわりをうろうろしていたからでしょう」

その人は口をとじたまま、ふふっとわらった。

「どうして」

いいかけて、わたし、言葉がきゅうに見つからなくなった。なにかをききたいけど、なにを、どんな言葉で、きいたらいいかがわからなくなったの。

「ん？」

その人はわたしを見ている。

「ああいうことをしてたんですか」

わたしのかわりにセンくんがいった。でも、わたしがききたかったのは、そのことだけじゃない。

「どうして？　そうですね。ぼく、やっぱりちょっと家に入りにくかったんです。五年も帰っていなかったので。あの、ぼくね、宮鈴夫《すずお》っていいます」

宮鈴夫さんはいった。

わたしたちも自分の名前をいった。

「ほんとうにありがとうございました。あなたたちが発見してくれなかったら、もっとたいへんなことになっていたかもしれません」

「あのう、どうして」

と、わたしはまたいった。とたんに、また頭のなかにいろんな言葉がいっぺんにわいてきて、なにをどういえばいいのかわからなくなった。

「うん」

と、うなずいた鈴夫さんは、でもそれ以上はなにもいわず、たべかけていたお弁当をたべた。

わたしもたべた。

センくんもだまってたべている。

からあげをたべ、ごはんをたべ、ポテトサラダをたべ、オレンジ色のスパゲティをたべ、ピンク色の漬物《つけもの》をたべた。

一番はやくたべおえた鈴夫さんは、コンビニの袋からお茶のペットボトルをだして、わたしたちの前に一本ずつ置いてくれ、それから自分のボトルのキャップを取って、ひと口のんだ。

「五年も家に帰らなかったのは、いつ家に帰ればいいか、わからなくなっていたからかな。うまく説明できないんですけどね。ぼくはいま富山で、みそとしょうゆを作る店で働いているんです。四年ぐらいまえから。いっしょに働いている人はみんないい人たちです。さいきんになって、だんだんおやじのことが気になりはじめて、やっぱり一度、家に帰っておやじに会おうと心をきめて、それで帰ってきたんです。だけど、やっぱり家の前に立つと、なかなか勇気がでなくて。いい年をしてはずかしいけれど」

鈴夫さんはまたボトルのお茶をのんだ。

わたしものんだ。

「あのう、どうして」

わたしがいいかけると、

「おじいさんに一度も電話をしなかったんですか」

と、センくんがきいた。

「どうしてだろうなあ。一年電話しないでいると、二年目はもっとしにくくなって、三年目になるとこわくて電話できなくなって、どうしても電話できなかったんですよ」

「どうして」

わたしは大きい声でいった。

「家をでていったんですか」

ききたかったのはそのことだった。どうして家にいられない、とおもったんだろう。

「それは」

鈴夫さんはちょっと口ごもってから、

「人に説明するのは、とってもむずかしいことなんですけどね」

といって、わたしを見た。

わたしはその鈴夫さんの目をじっと見た。

「たぶん、お二人にはわかってもらえないとおもうんですけどね。ぼく、こどものときからずっと、いなくなりたい、っておもっていたんですよ」

鈴夫さんの目は、テーブルのからっぽになった弁当の容器《ようき》にむけられた。

「どうしてなのか、ぼくはこどものときから、なにもかもがうそっぽい、という気もちにとりつかれていて、その気もちからどうしてもぬけだせなかったんです。なぜそういう気もちになるのかも自分じゃわからなかった。自分のすることも、いうことも、うそっぽいと感じて、それだけじゃなくて、学校までもうそっぽい気がして、ぜんぜんなじめなかった。すべてがうそっぽくおもえていたんです。友だちもできなかったし。だからといって、学校を休んでずっと家にいると親にしかられるので、どこにいればいいかわからなくなってたんです。小学五年生くらいのときには、すでに」

鈴夫さんは目をあげてわたしを見て、センくんを見た。

「元気なあなたたちにはわからないとおもいますけどね、そういう気もち」

「ちょっとわかる、気がする」

わたしはいった。

「ほんとですか」

鈴夫さんはわたしを見た。なにかをさがすような目で。

わたしはうなずいた。

「どこにいても、自分がいるべき場所じゃないような気がずっとしていて、するると、だんだん死にたくなったりもして。中学も高校も、あんまり行っていないんです。おやじは口をきいてくれなくなっていましたしね。おふくろは、ぼくが中学生のときに病気で死んじゃったし」

鈴夫さんは自分の指の先を見つめた。

センくんを見ると、センくんは台所の壁にかかっている家族写真を見あげていた。

「ぼく、死ぬ練習だっていろいろしたんですよ。だけど、うまくいかなかった」

鈴夫さんはかすれた声でカサカサッとわらった。

「うまくいかなくて、よかったです」

わたしはいった。

「いまでは、ぼくもそうおもいますよ」

「おみそとおしょうゆのお店があって、よかったですね。天職《てんしょく》ですか？」

センくんはむずかしい言葉をいった。

鈴夫さんは手を顔の前でふった。

「いやいや、とてもとても。まだそこまではいってませんよ。でも、いい仕事にめぐり合えてよかったとおもってます」

「いまは死にたくないんでしょ？」

わたしがきくと、

「もう死にたくありません。生きますよ」

鈴夫さんはうなずいた。

「よかった」

わたしはいった。ほんとうにそうおもった。

「おとなにもつらいことはありますけど、こどもにもつらいことはありますからね。つらいときには、つらいっておもってください。がまんしすぎるのはよくないですよ。命にかかわります」

目の前の鈴夫さんが、どこか遠いところから来た人のような気がしはじめていた。わたしたちに大事ななにかを伝えるために、遠くの海を渡《わた》って来た人みたいな気がする。

「また、おじいさんとけんかするんですか」

センくんがきいた。

「するかもしれませんけど、ぼくはもうだいじょうぶです。もう、こわくない」

「がんばってくださいね」

わたしはいった。

「はい」

鈴夫さんはわらって、大きく二度うなずいた。

14

わたしはハハに、昼間会った鈴夫さんのことを話したい。よくわからないことがいっぺんに起きて、そのことが胸《むね》のなかにもやもやとただよっている感じ。だれかに話してしまいたい気もちがどんどんふくらんできてるんだけど、どんなふうに話せばいいかがわかんないの。うまく話せそうな気がしないんだよね。できごとをだれかに話すのって、ほんとにむずかしいとおもう。話そうとすると、とたんに、なにを、どんな言葉で、どういう順に話せばいいか、わからなくなるの。

大事なことだから話すのがむずかしいのかな。複雑《ふくざつ》だからむずかしいの？　どんなふうに話したらハハがわたしのいいたいことをちゃんと受けとめてくれるか、かんがえるとますますわからなくなる。言葉は小さくちぢこまって、胸のどこかにうずくまっちゃってるんだよね。でも、言葉がでてこないからって、ほおっておくと、そのままなにも話せなくなっちゃうから、だからむりして話すしかないの。だけど話しはじめると、ちがう、こんなことじゃないって、やっぱりおもうんだよね。

「きょう、学校をさぼったの」

それはいった。正直に。

流し台にむかってポテトサラダを作っていたハハは、

「ん」

とふりむいて、わたしを見た。

「へへへ」

わたし、わざとわらった。

「ほう、そうですか」

ハハはむこうをむいて、水にさらした玉ネギをぎゅっとしぼった。

「玉ネギ、いっぱい入れないで」

わたしはいった。

「ちょっとは入れなきゃ」

「マヨネーズであえるのは、わたしにさせて」

わたしは冷蔵庫《れいぞうこ》からマヨネーズの瓶《びん》をだした。

「で、なにをしていたの」

ハハは、わたしがスプーンで瓶からマヨネーズをすくうのを見ている。三回すくったところで、

「ストップ」

といった。

「もしも困《こま》った人がいたら、ハハは助ける？」

「あたしにできることだったら、助けるよ」

「もしかしたら、そのことと関係があるよ」

「つまり、いいことをしたのね」

「たぶん。でも、ぐうぜんに」

「なにをしたの」

「うまくしゃべれないよ、わたし」

「うまく、じゃなくていいよ」

ハハは食器棚《しょっきだな》からお皿をだして、テーブルに並《なら》べはじめる。

「センくんが見張《みは》ってた家のおじいさんが階段《かいだん》からおちて、けがをしたの。それを見つけたのがわたしたち。で、救急車で病院にはこばれたってわけ」

「なるほど。おじいさんを助けてあげたんだ」

ハハはポークソテーをお皿にのせ、おみそ汁《しる》をお椀《わん》によそった。

「さ、たべよう。うすいポークソテーだけど」

「わかってる。倹約《けんやく》、倹約」

「まだ半分しか、はなしをきいてないよ」

ごはんをたべながら、ハハはいった。

「そのおじいさんには息子《むすこ》がいるの」

「息子さん、でしょ」

「そうか。鈴夫さんっていうの。はじめ、鈴夫さんがおじいさんの息子さんだってことがわからなかったんだけど、その人、おじいさんの家の前をうろうろしてたのね。そのことをあやしいとおもったセンくんが、鈴夫さんがいなくなったとき、おじいさんに、あやしい人がうろついてますよ、っていってあげようとおもって、家に行ったの。そしたら、おじいさんがたおれてたの」

「ああそうなんだ。ちょっとわかってきた」

「鈴夫さんは家にいるのがいやで、ずっと家に帰ってきていなかったんだって」

「家出？」

「そうはいってなかったけど」

ふんふん、とハハはうなずく。うすいポークソテーをナイフで切りわけ、口にはこぶ。

わたしは大根のおみそ汁をのむ。

「鈴夫さんが、お礼にって、からあげ弁当《べんとう》をごちそうしてくれたの」

「おじいさんは入院？」

「そう。肘《ひじ》を骨折《こっせつ》してたの」

わたしは、あの家にいたとき、どんな気もちでいたかについては、ぜんぜん話せなかった。知らないおうちのなかでじっとしているのは、知らないことに押《お》しつぶされそうな気がすることだった、とか、そんなことも。こどものときの鈴夫さんのつらい気もちも。

「ハハ、しからないの？　ずる休みしたのに」

「どうしようかな。しかろうかな」

ハハはわたしを見てわらった。

「夏山先生から、あたしに電話があったのよ、朝。きょうは欠席ですかって」

と、ハハはいった。

「ああ、そうか」

そういうこと、ぜんぜんわかってなかった。

「ちょっとかぜぎみで、ってこたえておいたよ。なにをしていたかを正直に話してくれたから、きょうはしからないことにする」

ハハはポテトサラダをたべ、

「うん、おいしい」

といってから、

「たまには学校をずる休みしたい気もち、ちょっとわかるし」

といった。


わたしが先にお風呂《ふろ》に入って、そのあとハハがお風呂に入るのをまってから、チチに電話した。

「海、きれい？」

わたしはきいた。

「夜だから、いまは見えないけどね。きれいだってことはわかってるよ」

「海の音がきこえる？」

「波の音はきこえないなあ」

「あのね、喫茶店《きっさてん》はどうなったの」

「もうじきオープンだよ」

「準備《じゅんび》はぜんぶできたの？」

「だいたいできたよ。ＣＤプレイヤーも、ラジオも、島の人にいただいたし、コーヒーも、紅茶《こうちゃ》も準備できたよ」

「サンドイッチの用意も？」

「もちろん。パンや、ハムや、たまごはまだだけど」

「あのね。わたし、チチのところに行ってみたいの」

「いいよ、おいでよ。いつでも歓迎《かんげい》だよ」

「いつでも？」

「ただし、ハハがいいっていってくれればね」

「わーい」

わたしはいった。それからもう一度、大きい声で、

「わーい」

っていった。


ハハの部屋から、パソコンのキーをたたく音がしている。

テレビを消して、もう寝《ね》ちゃおうかな、と、自分の部屋に行こうとしたとき、

「ああ、だめだ」

と、ハハの声がきこえた。

「どうしたの」

ハハの部屋には入らず、入り口のところで、わたしはきいた。

「なんでもない。いつものこと」

ハハはいすの背《せ》にもたれて、両手を上にあげた。

「だめだ、っていったよ」

「だって、だめなんだもん」

「なにがだめなの」

「やっぱり、あたしは作家にはむいてない。そのことがわかった」

「そんなことはぜったいないよ。ハハの書いたおはなしはおもしろいもん」

「おもしろいなんて、安っぽい言葉よ」

「どういえばいいの」

わたしはハハのそばまで行った。パソコンの画面には文字が並んでいる。

「あたらしい童話を書いてるの？」

「そう。三か月まえから書いてるんだけど、自分で読みなおしてみたら、がっかりするぐらいつまらないんだよね」

「どうつまらないの」

「月並《つきな》み」

「それはどういう意味」

「ありふれてて、あたらしいことが一つもなくて、うすっぺらいって意味」

「そんなにひどいものをハハが書くわけないじゃん」

「あたしの脳《のう》みそには苔《こけ》がはえてるんだとおもう」

「わたし、ハハはすばらしい作家だとおもうけど」

「ありがとう」

ハハはわたしをふり返って、むりに笑顔《えがお》をつくった。

「どうしてハハはおはなしを書くの。有名になりたいから？」

「有名になりたいなんて、おもったことはないよ」

「お金もちになりたいから？」

「できればね。でも、それを望むなら、もっとお金がもうかる仕事をとっくに見つけてるとおもうよ」

「じゃあ、なに」

「そうね」

ハハはいすを回転させて、わたしのほうをむいた。

「たぶん、書くことをとおしてでなきゃ、見つけられないなにかを見つけたいのかな」

「それって、むずかしいもの？」

「むずかしくはないよ。だけど、そうね、やっぱりむずかしいかな」

「ハハなら、きっと見つけられるとおもうけど」

うーん、とハハは声をだしたあと、

「ごめんね」

といった。

「え？」

「チチと別居《べっきょ》しちゃって。中《なか》はチチがだいすきだったもんね」

「だいすきだよ、いまでも」

ハハはため息をついた。深いため息を。

「わたしなら、だいじょうぶだよ」

と、わたしはいった。

ほんとは、自分がだいじょうぶなのかどうか、わからなかったけど、そういうしかなかった。

「中がそばにいてくれて、ハハはうれしいよ」

「でしょ」

わたしは両手でハハの顔をはさんだ。
「ハハには才能《さいのう》があるよ。わたし、わかってる。だから、おはなしをいっぱい書いて。
ハハなら書けるよ」
はさんだ手に力をいれた。
「ありがとう」
つぶれた口を動かしてハハはいった。

15

「大雨がふって川があふれてしまうと、どんなことが起きるでしょう」

夏山先生は水野《みずの》さんにきいた。

わたしは、何日も雨がふりつづけると川の水はどんなふうにあふれるのかな、と想像《そうぞう》してみる。雨はそこらじゅうにふるんだから、川だけでなく、どこもかしこもが水びたしになる、きっと。

先生がさいしょに水野さんに質問《しつもん》したのは名前に「水」がついているからかな、とおもって、立ちあがった水野さんを見ると、水野さんは、

「道が水でいっぱいになります」

とこたえた。

「そうですね。ほかにはどんなことが起きるかな」

つぎにあてられた川口《かわぐち》くんは立って、

「町のほうにも水がながれてきます」

とこたえた。

川口くんも名前に「川」がついてるもんね。

つぎはきっと川床さんだ、と川床さんのほうを見ていると、

「じゃあ、花木さん」

と、先生はいった。

え？　わたしの名前には「川」も「水」もついてないけど。

わたしは立って、

「大雨は山にもふります。そしたら、山の動物たちはどこににげるんですか。住んでるところが水びたしになっちゃうんでしょ」

っていった。

「サルやイノシシのことを心配しているの？」

と、先生はいう。

「クマもいるし、タヌキもいるし、シカもいるし、えーと、ほかにも、ウサギも、テン

も、イタチも」

といってから、

「アオバズクも」

って、センくんの夜のはなしをおもいだして、いった。

「花木さんはどうおもうの」

先生は腕《うで》をくむ。

「きっと、みんなすごくこまるとおもいます。ぬれちゃうし。みんな、穴《あな》のなかににげるのかなあ。でも、乾《かわ》いている穴って、そんなにないとおもうけど。だって大雨なんでしょう。どうするんだろう、みんな。わたし、わかんないです」

あちこちから、くすくすわらいがきこえた。

「さすが、わかんないちゃん」

という声も。

「みんなはわかるの？」

わたしはみんなにむかっていった。

それでも、みんなはまだくすくすわらっていて、だれかが「わかんないです」っていった。そしたら、くすくすわらいから、げらげらわらいになった。

「だって、わかんないんだもん。動物たちはどうしているのか。きっと、すごくこまってるんじゃないのかな。山にはまだまだいっぱい動物がいるんでしょ。その動物たちがみんな避難《ひなん》できる場所ってどこなの。みんなびしょぬれになって、すごくさむくても、がまんしてるの？」

「はい、いいです。花木さんは着席してください。山の動物たちも心配だけど、いまは川の水があふれたときのはなしをしているのよ」

「川に、動物たちがながされてくるかもしれません」

着席してから、わたしはいった。

「ね、いまはちょっと動物のことは忘《わす》れましょう」

先生はほかの人のほうに顔をむけていった。

「川にながされてきた動物を忘れるなんて、ひどいです。大雨でこまるのは人間だけじゃなくて、動物もこまっています」

「花木さんの心配はよくわかりました。でも、いまは人間の暮《く》らしのことをかんがえましょう」

先生は、道が通行止めになると車がとおれなくなって、家のなかにも水が入ってきて、避難できない人もでてくるかもしれないし、停電になるかもしれない、というはなしをはじめた。

でも、わたしは山の動物たちのことが頭からはなれなかった。

大雨だけじゃなくて、山火事になったときは動物たちはどこににげるんだろう、とそのことも気になった。そのことを先生に質問したいとおもったけど、先生は教科書を読みはじめていた。

わたしはノートにクマの絵を描《か》きはじめた。

おわりの会がおわって、教室をでようとすると、先生に呼《よ》びとめられた。

「花木さんは、いろんなことをいっしょうけんめいかんがえてるのね。それはとってもいいことよ。でも、授業《じゅぎょう》では、いろんなことをいっぺんには教えられないの。ほかの人たちは花木さんとはちがうことに関心をもっているかもしれないでしょう」

先生はわたしに、なにをいおうとしているんだろう。

「授業のときに一人の人がいつまでもしゃべっていたら、みんなの勉強がすすまないでしょ。だから、ちょっと気をつけてほしいの」

わたしはなにもいわず、夏山先生の顔をじっと見つめていた。

「お話ししたかったのはそれだけ。わかった？」

「わかんないです」

わたしは首をふった。

「わかんない」

「あなたはかしこい子だもん。ほんとうはわかってるよね」

先生はわたしの肩《かた》に手をおいた。

「わかんないです。それに、わたし、かしこい子でもありません」

先生はわたしの肩をぽんぽんとたたいて、わたしからはなれていった。わたし、なんだか、ぞっとしちゃった。先生は「かしこい子」っていったけど、わたしには「こまった子」ってきこえた。

学校からまた、はじき飛ばされたような気がした。はじき飛ばされたように感じるのは、これで何度目だろう。はじき飛ばされているのに、どうしてわたしは毎日、学校に来るんだろう。

学校で、みんなのなかにまじりこんでいるとおもっていても、気がついたら、いつもみんなの外にいる。

校舎《こうしゃ》からでて、ふりむいた。そして、あの二階の窓《まど》を見あげた。

窓はあいているけれど、あの女の子のすがたはなかった。なかったというより、たったいま、だれかが窓からはなれてなかへ消えた、そんな感じだった。はなれていったのは、あの子かもしれなかった。

わたし、立ちどまって窓を見ていた。また、あの子が顔をだすような気がしたから。

でも、しばらくすると、窓はしめられてしまった。

16

ハハは港まで車で送ってくれた。フェリーのきっぷも買ってくれた。

「ハハもいっしょに来ればいいのに」

フェリーが入ってきた。

「いまはまだ、ちょっとね」

ハハはわたしの背中《せなか》を押《お》した。

きょうも、あしたも、学校を休むことになる。「いいの？」って、家をでるまえにわたしがきくと、ハハはあっさり「いいよ」ってこたえた。

「家庭の事情《じじょう》で、って夏山先生にはいっとくから」

ハハはリュックに着がえなんかをつめてくれながら、いったの。

フェリーのデッキから手をふると、ハハはどういうわけか両手を上にあげて丸をつくった。

「どういう意味」

大きい声できいたけど、エンジン音が大きくてハハの耳にはとどかなかったみたい。ハハもなにかいってたけど、やっぱりわたしの耳にもとどかない。

フェリーはときどき大きくゆれながら、海の上をすすんでいく。窓《まど》から見ると、海面いっぱいに小さい波が立っている。波が波を呼《よ》んで、その波がまた波を呼んでいるのかな。きらきら光る。海、なんて大きいんだろう。王子島まではすぐだとおもっていたのに、海にでてみるとあまりの広さにびっくりする。

そんなことをかんがえていたら、どーん、と、また、まるで船の底がなにかにぶつかったみたいに大きくゆれた。陸地がどんどん遠ざかっていく。

こんなちっぽけなフェリー、なにかあったら、あっさり沈没《ちんぼつ》しちゃうんじゃないの？　海にしずんだら、海の底はどうなっているんだろう。さっきまでそんなことはかんがえてもいなかったのに、わたし、救命胴衣《きゅうめいどうい》を目でさがした。

となりの席にすわっている女の人の腕《うで》のなかで、あかちゃんがねむっている。フェリーがしずむかもしれないなんて、まったくかんがえていないみたい。おかあさんがだっこしてくれているから、きっとこわいものなんてないんだ。


四十分ほどして、フェリーは王子島に着いた。

港にチチが立っているのが見える。

「パパー」

わたし、おもわずさけんだ。

チチもわたしを見つけて、手をぐるぐるまわした。

「背が伸《の》びたね」

わたしからリュックを受けとりながら、チチはいった。

「まさかあ。そんなにすぐ伸びるわけないよ」

「いや、伸びたよ。一センチは伸びた」

チチは並《なら》んであるきながら、何度もわたしを見る。

「家と、豆の花と、どっちに行きたい。豆の花はすぐそこだけど」

チチはいった。

「豆の花」

わたしはこたえる。

この島にいままで何回来たかなあ。おもいだそうとしたけどわからなかった。おばあちゃんが生きていたときは、ママとパパといっしょに毎年、夏に来た。海で毎日、パパとおよいだ。それは三年まえまでのこと。そのずっとまえの、あかんぼうのときにも来ていたはずだけど、それはおぼえていない。

豆の花は港のすぐそばにあった。木造《もくぞう》の小屋みたいな目立たない建物で、入り口ドアの上に「豆の花」と書かれた小さくてま四角な看板《かんばん》がでていた。そのドアには上のほうに小さい丸窓がついている。

「あさって開店だろ。それなのに、まだまだやらなきゃいけないことがあるんだ。中《なか》が手伝ってくれるとたすかるな」

チチはドアをあけてから、いった。

喫茶店《きっさてん》なのに、入り口でくつをぬいであがるの。いろんなスリッパが棚《たな》に十足くらい並んでいる。わたしは赤いスリッパにした。

大きいテーブルが一つと、小さいテーブルが二つだけの店だけど、おちついた感じ。大きいテーブルのほうにはソファが置かれている。小さいテーブルのまわりの木のいすはぜんぶちがっているけど、すわり心地《ごこち》よさそう。

「いい感じ」

わたしはいった。

フレームにおさめられたチチの写真が壁《かべ》のあちこちにかけられている。大きいスピーカーもある。そのむこうに小さいキッチンが見えている。

「チチ、うれしいの？」

「うれしいよ」

チチは笑顔《えがお》になって店をぐるっと見まわした。

「中にしてほしいのはね、テーブルに置くメニューを作ってもらいたいんだ。ほら、ここに立ててるんだけどね」

チチはテーブルからメニューを立てる小さいスタンドを取りあげ、わたしに見せた。

「絵を描《か》いてもいいよ。どんな絵でもいい。で、こっちの大きい紙はあそこの壁にはるメニュー」

チチは厚《あつ》めの紙をわたしにさしだした。小さいのが三枚《まい》と、大きいのが一枚。それから六色のカラーペンと十二色の色えんぴつも。

チチは、あしたも学校を休むの？　とも、行かなくてもいいの？　とも、きかない。

「あとで、ためしにサンドイッチを作ってみるから、試食してもらいたいんだ」

エプロンをつけながら、チチはいう。

チチがちがう人みたいに見えるのはエプロンをつけたからだけじゃないの。チチ、髪《かみ》が伸びている。髪を伸ばしたチチを見るのははじめて。


チチの作ってくれたきゅうりのサンドイッチと、たまごのサンドイッチはびっくりするほどおいしい。

「チチ、どうして」

わたしはいった。

「なに。どうしてこんなにおいしいのって、いいたいの？」

「それもあるけど、びっくりだよ。チチがサンドイッチを作るなんて」

「やってみたら、できたのさ。五回ほど失敗したけど」

「紅茶《こうちゃ》もおいしいよ」

「うれしいなあ。だれかにそういわれたいとおもっていたからね。中にいってもらうのが一番だ」

「サンドイッチだけじゃなくて、もっとメニューをふやしたら？　パスタとか、ハンバーガーとか」

「いやいや」

チチは首をふる。

「そんなむだなことはしたくないね。メニューをふやせば材料を用意しなくちゃいけないだろ。なのに、おもったほどお客さんが来なくて、だれもパスタもハンバーガーも注文しなかったら、用意した肉や野菜はどうなる」

「捨《す》てるのはもったいないないよ」

「だろ。すくないメニューでもおいしければいいとおもってるんだ。それから、コーヒーと紅茶の味も大事だよね。コーヒーのいれ方もだいぶうまくなったよ。おふくろにのませたかったたな。おふくろ、コーヒーがすきだったたからね」

「うん」

わたしはまた、たまごサンドイッチをたべる。この味、もしかしたらおばあちゃんが作ってくれていた味かもしれない、とおもう。まえに、どっかでたべたことがある味だもん。食パンの耳を切りおとさないところもおばあちゃんのやり方だ。

「おばあちゃん、一人で住んでたでしょ。さびしくなかったのかな」

「いそがしかったから、さびしくはなかっただろ」

「いそがしいって、畑仕事？」

「それもあるよ。毎日、畑にでていたしね。おばあちゃんは、原子力発電所の建設《けんせつ》反対の運動もしてただろ。もう何十年も」

「ずっと？」

「そう。この島と海を守りたいって。島の人たちといっしょに、原子力発電所を建てさせちゃいけない、って反対してたんだ。もしも事故《じこ》が起きたら、人も海も島も死んでしまうって。それに、発電所の醜《みにく》くて大きい建物も見たくないって」

「どこにできるの」

「この島の、すぐむかい側に。だけど、できはしないよ。ぜったいにできないようにする。おふくろとも約束したしね」

わたし、眉《まゆ》をよせているチチを見た。

「ねえ、チチ」

わたしはいった。

「なに」

「チチはまえから、ときどきおばあちゃんの家に行くっていって、一人で島に来てたよね。あれも原子力発電所に反対する人たちといっしょに、なにかをするためだったの？」

「そう。畑仕事の手伝いもあったけど」

「反対するのって、たいへんなの？」

うーん、とチチは首をひねる。

「たいへんじゃないよ。自分たちの考えを伝えようとしているだけだから」

「自分の考えをもつのって、むずかしいの？」

うん。チチはうなずく。

「もしかしたら、それが一番むずかしいかもな。だけど、海と山を見ていたら、守ろう、という気もちになるよ。それは自然にわいてくる気もちなんだよね。原子力発電所を造《つく》りたい人たちは海や山を知らない人たちなんだとおもう。かわいそうなことだよ。知りたくないのかもしれない。そういうのはさみしい人生だとおもうな」

「人生か。わたし、まだよくわかんない」

「そうかな。ちょっとはわかってるはずだよ。さあ、あしたはチラシを近所の家のポストに入れてあるくんだよ。手伝ってくれるだろ」

「原子力発電所反対のチラシ？　うん、くばる」

「ちがうよ。この豆の花オープンのチラシ。この島の人はみんな原発に反対だから、いまさらくばらなくてもいいの」

「えらいね」

わたしはいった。

「なにが」

「みんなで反対して原子力発電所を建てさせないのって」

「そうだよ。おふくろもえらかった。何十年も、島と、この広い海を守ってきた」

チチは立ちあがって、テーブルを片《かた》づけはじめた。

豆の花は土曜日の朝十時にオープンした。

わたし、オープンするまえに、チチとおなじ水色のエプロンをつけて、もう一度、三つのテーブルをふいた。

十時ちょうどに、お客さんが来た。

男の人と女の人。

「灯《とも》くん。おめでとう」

女の人が小さい花束をチチにさしだした。

「アキちゃん。いらっしゃいませ。お二人おそろいで」

「あらあら、中ちゃんでしょ。大きくなったのねえ」

その人はわたしにいう。

わたし、なんてこたえたらいいかわかんなくて首をちぢめた。

「同級生なんだよ、アキちゃんとは」

チチはわたしにいって、二人をソファに案内した。

わたしはチチにおしえてもらったとおりに、お盆《ぼん》にお水を入れたグラスをのせて二人のテーブルにはこんだよ。

アキちゃんと、アキちゃんの夫さんはメニューを手に取り、それからコーヒーときゅうりのサンドイッチを注文した。

店にはチチがえらんだ音楽がながれている。

「こりゃあ、いい店だね。こういう場所がほしかったんだよ、まえから」

アキちゃんの夫さんは店を見まわす。

「ほんと、ほんと」

アキちゃんはキッチンできゅうりのサンドイッチを作っているチチを見ながらいう。

「よく帰ってきたなあ」

アキちゃんの夫さんが大きい声でキッチンのチチにいった。

チチは二人のほうに顔をむけ、大きくうなずいた。

もしかしたら、チチは何年もまえから、いつかこの島で喫茶店をひらきたいってかんがえていたのかもしれない。そのはなしをわたしがきいたのはつい最近のことだけど。

きのう、チチといっしょに島のあちこちをあるきまわった。まずはじめにチチの畑に行った。おばあちゃんが野菜を作っていた畑で、いまではチチがいろんな野菜を作っているの。山にも行ったよ。山道をあるいていると、木々のあいだから、ずっと下のほうに海が見えた。青い大きい海がきらきらとどこまでも広がっていた。小さな漁船があちこちに見えた。

「きれいだねえ」

わたしがいうと、チチはうれしそうに「だろ」といった。まるで自分がほめられているみたいな顔で。

「大きいねえ」

「大きいよ、自然は」

チチは空を見た。

「チチ、かわったね」

「おれが？」

わたしはうなずく。

「どんなふうに」

「どこかがちがっちゃってる」

「だから、どこが」

「ぜんぶ。でも、きらいって意味じゃないよ」

「それならよかった」

「チチとハハは、どうして別居《べっきょ》することにしたの」

って、わたし、きいてしまってた。するっと言葉がでてしまったの。

「そうだな」

チチははるか下の海のほうを見ながら、うなずいた。

「中に、ちゃんと話さなきゃ、と、ずっとおもっていたよ。うまくいえるかどうか、わかんないけどね。どういえばいいのかなあ。そうだな。ママをそばで見ているとね、自分もこのままじゃいけないなあって、だんだんおもうようになったんだな。すきな仕事で悩《なや》んだりしているママがうらやましくなったのかもしれない。電気をいっぱい使う電化製品《せいひん》を売ってる仕事に誇《ほこ》りがもてなくなったんだね」

「電化製品も大切じゃん」

「わかってるよ。だけど、それだけじゃ人間は生きていけないよ。人間に便利なことだけをかんがえてちゃいけないだろ。ちょっと立ちどまってかんがえたい、っておもったんだよ」

「そのことと別居と関係あるの？」

「だよなあ。ママはママで、家事をぜんぶ押しつけられてる、っておもってたとおもうよ。なんていうかなあ、わかりあおうって気もちから、おたがいに、どんどんはなれちゃったのかなあ」

「ふうん」

「だけど、離婚《りこん》はしたくなかったの。ママをきらいになったわけじゃないからね。ちょっとしばらくのあいだ、べつべつに暮《く》らしてみよう。そうおもったんだ」

「あのね、さっきからチチは、ハハのことをずっとママって呼んでるよ」

「そうか」

チチはわらった。

「おれはね、頭がかたいの。そういうところもだめなところ」

「チチはだめじゃないよ」

「そうか？　ありがたいなあ、娘《むすめ》にそういわれるのって」

チチはわたしの頭をなでた。人に頭をなでられるなんて、すごく久《ひさ》しぶりだった。


山からの帰り道で見つけた花をつんで家に帰った。おばあちゃんの家は、おばあちゃんがいたときとあんまりかわっていなかった。

島のなかの道もかわっていなかった。路地がうねうねと広がっている道にそって、いろんな石をねりこんだ白い塀《へい》がつづいている。この道、はじめてこの島に来た人はぜったいまよっちゃうな、とおもう。わたしはまよわないけど。どこまでも白い塀はつづいているけど、わたしにはちゃんと目印があるの。まがって、またまがっていく。とちゅうでのら猫《ねこ》に何匹《なんびき》も会う。それから黒い板戸の家の角をまがると、そこがおばあちゃんの家。小さい庭があって、右側が物置で、左側がおうち。奥《おく》からおばあちゃんがでてきそうな気がしたけど、でてはこない、もちろん。

もう一度、おばあちゃんに会いたかったな。

「中ちゃん。まっすぐ生きるだけが、いいことじゃないよ」

って、おばあちゃんはいったんだ。

「算数がすきだから数学の先生になったとか、旅がすきだから旅行会社に入ったとか、そういうのはいいことだけどね。でも、まっすぐすぎるなあっておもうの。人間、いろんなことにであって、そこでかわったりするのよ。あそびのない生き方ってつまんないよ」

「わたし、あそぶのすきだよ」

って、わたしはいった。

「いい、いい。それはほんとにすばらしい。こうだから、こうなる、だけじゃ、つまんないからね」

「うん」

あのときは「うん」っていったけど、おばあちゃんがいいたかったことが、よくわかっていなかった。いまは、ちょっとわかる。正しそうに見えるからって、それが正しいってわけじゃないよ、って。


お客さんはつぎつぎにやってきた。みんなチチを知ってる人たちだった。

わたし、ウエイトレスをしてるのがだんだんたのしくなった。みんな、わたしに「えらいね」っていってくれるし。

わたし、ずっとここにいたい、っておもった。

17

電信柱のそばで、センくんがこっちをむいて立っている。傘《かさ》をぶらぶらさせながら。

わたし、空を見た。青い空に雲が一つ。

「雨、ふるの?」

センくんのそばまで行って、きいた。

「うん。ふる。午後から」

きっぱりこたえてから、

「すごくあやしい男を見た」

と、センくんはいった。声をひそめて。センくんの目にはもうガーゼはなくて、大きい傷《きず》テープがはられているだけ。だけど、そのテープの下から黒いあざがのぞいている。

「どこで」

「郵便局《ゆうびんきょく》のとなりのコンビニ」

「いつ」

「きのうの夜」

「どんなふうにあやしいの」

わたしはあるきだす。

「夜、コンビニにカップラーメンを買いに行ったら、黒い帽子《ぼうし》に黒いマスク、サングラスをかけた男がいたの」

「あやしいね」

「黒い長そでシャツに、黒いズボンに、黒いくつ」

「あやしさがかんぺき」

「そうなんだよ」

「だけど、見た目で人を判断《はんだん》しちゃいけないんじゃないの？」

「あ」

と、センくんはいって、

「それはそうだけど。外見だけじゃなくて、全身のふんいきが極端《きょくたん》にあやしい感じだったんだ」

「極端なその人がどうしたの」

「コーヒーを買ってた」

「ふつうじゃん」

「だけど、じろじろと店のなかを見まわすんだ。カウンターのなかをのぞきこんだりもしてたし」

「センくん、その人になにかいわれたの」

「いわれるわけないよ。あいつ、たぶん強盗《ごうとう》だよ。強盗は人に話しかけたりしない」

「そうか。で、その人、それからどうしたの」

「コーヒーのカップをもって、でていった」

「なんだ。よかったじゃん」

「だけど、こんやもコンビニに来てたら、非常《ひじょう》にあぶないね。きのうの夜は下見だったんだとおもう」

「こんやも行くの？　コンビニ」

センくんはおもおもしくうなずく。

「気をつけてね」

「中《なか》ちゃん、元気ないね」

わたし、センくんを見た。センくんもわたしを見ていた。

「学校に行きたくない」

「そうか」

センくんは傘をぶうんと大きくふった。

「死ぬほどきらい、学校が」

「こまったね」

わたしはうなずく。でも足は学校にむかっている。

「あのね、ちょっとはわかるよ、その気もち」

センくんはやさしい声でいった。わたしたちは校門のところまで来ていた。

「なんとかがんばってね」

そういうと、立ちどまったわたしのそばをはなれ、センくんはかけだした。

ため息がでた。

あの窓《まど》。

見ずにはいられなかった。

あっ。窓からあの子がおちかけてる。窓から体を半分以上だして、いまにも飛びおりそう。

息がつまりそうだった。はっ、はっ、と息をむりやりした。

「だめ。だめ。だめー」

大声でさけんだ。

頭がくらくらした。

いきなり背中《せなか》をたたかれた。

「どうしたの」

川床さんだった。

「あの子がおちる」

わたしは窓を指さした。

「どの子。どこにいるの」

「あそこ」

窓を見ると、その子のすがたはなかった。もうおちちゃったんだろうか。わたし、走って運動場を横切り、窓の下をめざした。後ろから川床さんもついてくる。

窓の下にあの子のすがたはなかった。

「なに、なに」

追いついてきて、川床さんがきいた。

「女の子がおちたとおもった」

「女の子？　だれ」

「わかんない」

見あげると、女の子が体をのりだしていたはずの窓はしまっていた。

わたし、ふうっと、息をはいた。よかった。

「ねえ、花木さん。どうしちゃったの。しっかりしてよ」

川床さんはわたしの肩《かた》に手をまわした。

「うん」

わたしたちはあるきだした。

「花木さん、このごろ、だれともあんまりしゃべらないから、わたし、心配してるんだ」

「わたしが？　そうかな」

「だれかにいじめられてるの？」

わたしは首をふる。

「それならいいけど」

川床さんはわたしの顔をのぞきこんだ。

「だいじょうぶ」

わたしはいった。川床さんがそばにいてくれてうれしい、とおもった。


「どうして宿題をいつも半分しかやってこないんですか」

夏山先生はわたしにきいた。

立ったまま、わたしはだまっている。

「時間がないの？」

わたしは首をふる。

先生はさっき、みんなに「宿題をやってきましたか？　やってきた人は手をあげて」

と、たずねたのだ。算数のドリルを一ページやってくることになっていた。

ほとんどの人が手をあげた。わたしはまよってから、肩のところまで手をあげた。すると、となりの席の林野《はやしの》くんがわたしのドリルをのぞきこんで、「花木さんは、また半分しかやってません」といったのだ。

「体のぐあいが悪いの？　先週休んだのは、もしかしてぐあいが悪かったからなの？」

と、先生はわたしにきいた。

わたしは首をふる。

「じゃあどうして、きちんとぜんぶやってこないの」

「やりたくなくなるので」

みんながわらった。

「それは、どうしてかな」

先生はやさしい声でいう。

「わかんない、です」

みんなは爆笑《ばくしょう》する。

先生はふっと小さく息をはいた。

「わかりました。すわっていいです。岬《みさき》くんはどうしてやってこなかったの」

先生は岬くんにきく。

岬くんがのろのろ立ちあがる。

「お母さんが熱がでて寝《ね》てたので、ぼくが晩《ばん》ごはんを作ったりしていたら、宿題するのを忘《わす》れました」

「ああ、そうなの。たいへんだったわね」

川床さんがわたしを見ていることに気がついた。でも、わたしはそっちを見ない。見たくないの。なんだかみじめになるから。いますぐ、ここからいなくなりたい。教室の床《ゆか》がきゅうにごつごつして見えてきた。石ころで埋《う》めつくされているみたいに。空気がなんだかよごれている気がして、息がしづらい。あたらしい空気をすいたい。窓から顔をだして、空気をすいたい。ここからにげだしたい。

「教科書をひらいてください」

先生の声がきこえる。どこか遠いところからきこえてくる。

「何ページかわかりますか」

わたしは教科書がひらけない。

「わかんない」

だれかがいった。とたんに、あちこちでくすくすわらいが起きる。

「わたし、わかんない」

わたしは大きい声でいった。

「わかんないちゃん」

だれかがいう。クラスがわらいにつつまれる。

わたしは机《つくえ》につっぷした。

だれの言葉もききたくなかった。あとで、きっと先生に注意されるだろうな。だけどそんなこと、もうどうでもいいんだ。こんな学校、わたし、つまんない。いやだ。だいきらいだ。


持丸さんが来た。会社からハハといっしょに。

「中ちゃん。お元気でしたか。また来ちゃいました」

あかるい声でそういったあと、持丸さんはキッチンでハハと並《なら》んでごはんのしたくをはじめた。そのあと、テーブルの準備《じゅんび》もしてくれた。

そうしながら、ずっとハハとおしゃべりしていた。会社のだれかのはなしだったり、取材でどんなことがあったかだったり、スカートを買おうとおもってるんですけど、というはなしだったり。

チキンライスと、きのこのスープと、ごぼうの天ぷらはおいしかった。

「ぜんぶおいしいよ」

わたしは持丸さんとハハにいった。

「よかった」

水色のワンピースを着た持丸さんはにっこりわらった。

「わたし、やっぱり料理学校に行こうかなとおもってるんです」

持丸さんはハハを見る。

「会社をやめて、ってこと？」

持丸さんはうなずく。

「そんなにお料理がすきだったっけ？」

持丸さんはすこしかんがえてから、

「料理をすきになりたくて」

とこたえた。

「どうしていまの会社をやめたいの。どうしてもやめたいの?」

と、ハハはきく。

「で、それはなぜ」

ハハは持丸さんを見た。ちょっとこわい顔で。

持丸さんはまたすこしかんがえてから、

「声がきこえてくるんです。『わたしがほんとうにしたいのは、これじゃない』って。毎朝」

「毎朝?」

「会社の玄関《げんかん》の自動ドアがするするあいて、なかに入ろうとしたとき」

「いやなことがあるの? だれかにいじわるされてるとか」

「こんなことをしてる場合じゃない、わたしにはもっとほかに、ぴったりの仕事があるはずだ、っておもうんです」

ふーん。ハハは腕《うで》をくむ。

二人は食事をおえていたけれど、わたしはまだごぼうの天ぷらをたべていた。

「ちょっとわかる気がするけども」

ハハの声がやさしくなる。

「だけど、とどまることも大事なんじゃないかなあ。つづけていると、すこしずつわかってくることがあるし、いろんな経験《けいけん》もできるよ。たった一年なんて、まだ入り口だもん。もしかしたら、持丸さんは深くかかわることがこわいんじゃないの？ ね、おじけづいてちゃいけないよ。いまいるところで足をふんばって、がんばってごらんなさいよ。しっかり力を発揮《はっき》してごらんなさい。まだ知らないことのほうが多いとおもうから。簡単《かんたん》ににげださないほうがいいよ」

持丸さんは小さくうなずいてから、

「花木さんには童話を書くっていう、やりがいのあるお仕事があるから。だから、会社がつまんなくても、がまんできるんじゃないですか」

といった。

「あ、ちがう、ちがう」

ハハはわらいながら手をふった。

「どっちの仕事もむずかしいよ。そして、どっちもうまくできていないけど、でも、わたし、つづけることはできるの。それだけ」

「それって才能《さいのう》ですか」

「さあね。どっちもおもしろいなあって、おもうんだよね。うまくできないことをやるのはかんたんじゃないけど、おもしろいよ」

持丸さんはうなずいた。

「なるほど」

「もうちょっとがんばってつづけてごらんなさいよ。だけど、かんがえるのをやめろっていう意味じゃないよ」

ハハは立ってテーブルのものを片《かた》づけはじめた。

「はい。すこしわかります」

持丸さんも立ちあがって片づけを手伝いはじめた。

「わたし、ほんとうは自分がなにをしたいのか、よくわかってないんだとおもいます。悩《なや》むのがすきなんです、たぶん」

「だとおもった。でも、悩むのはいいことよ。ただ、悩みすぎるまえに、わたしにいってよ」

「花木さんをたよっちゃって、すみません」

「わたしでよかったら、たよってよ。たいして力にはなれないけど」

ハハはわらった。

持丸さんが帰ったあと、

「うれしいことがあるの」

と、ハハがいった。

「なに」

「童話が書けたの」

「ほんと？　すばらしい」

わたしは手をたたいた。

「いいものになっているかどうか、自信はないけど」

「なってるよ。ぜったいなってる」

「読んでいないのに、ほめてくれるの？」

「だって、ハハの書いた童話だもん。ぜったいおもしろいよ」

「ありがとう。でも、本になるかどうかはまだわかんないけど」

「本になったら、王子島に送ってね」

「ん？」

「わたし、チチのところに行きたいの。王子島でチチと暮《く》らしたい」

ハハはわたしの顔を見つめた。

「どういうこと」

「いけない？」

「いけないことはないよ、もちろん。だけど、中のかんがえを知りたいの」

「王子島をすきになったんだ。海も山も道も。豆の花も畑も。さっき持丸さんがいってた、わたしがしたいのはこんなことじゃない、って気もち、わたし、ちょっとわかるんだ。学校にいるとき、そうおもうから。毎日、おもうから」

「学校がそんなにいやだったのね」

わたしはうなずいた。

ハハはリモコンを取りあげ、テレビをつけた。とたんに、はじけるようなわらい声があふれでた。

ハハはじっとテレビ画面を見つめ、ふうっと息をはいた。

「中。ごめんね。つらい気もちをわかってあげられなくて。そんなに苦しんでいるなんて知らなかった。自分のことばっかりかんがえてた。悪い母親だね」

ハハの声がちょっとふるえた。

「そんなことないよ。ハハはとってもがんばってるもん。わたし、王子島にずうっと行ってるかどうかわかんないけど、いまは行きたいの」

「わかった。反対しない。行きなさい。行って、いろんな人に会って、いろんなところに行って、いろんなことをかんがえてごらん。王子島に、小学校はあるんでしょう?」

「あるよ、丘《おか》の上に。島に行ったとき、チチがつれていってくれたの。チチもかよっていた王子小学校に。生徒はいま三十人くらいだって。でも、わたし、学校に行くかどうかわかんない。まだきめてない」

「そう。行ってみたらたのしいかもしれないよ。でも、むりはしないで」

「ハハはさっき、持丸さんには『とどまることも大事』っていわなかった? わたしにもそういうのかとおもっちゃった」

「持丸さんと中のちがいくらい、あたしにはわかってる。中は自分がなにをしたいかがはっきりしてるでしょ。それはたいしたことだよ」

「ハハもいっしょに島に行こうよ」

ハハはほおをふくらませてから、「うーん、そのうち行くかもしれないけど、いまはここにとどまります」といった。

「わたし、チチに、どうして別居《べっきょ》したの、ってきいたの。ハハは、どうして別居したいっておもったの」

「それはね」

ハハは腕をくんで天井《てんじょう》をにらんだ。にらんだまま、

「あのね、気もちがわかりあえなくなると、おたがいの言葉をうまく受けとれなくなるんだよね。受けとれなくなると、ますます相手のことがわからなくなるの。残念なことに」

といってから、わたしを見た。

「よくわかんないけど。言葉をちゃんと受けとるのってむずかしいの？」

「むずかしくなると、どんどんむずかしくなるの」

「そうなんだ。でも、またいつか、受けとれるようになるとおもう？」

「そうなりたいな。でも、いまは、もうちょっとかんがえていたいの」

ハハはいった。

「じゃあ、チチに電話して、行ってもいいか、きいてみるよ」

「あら。チチと相談してきめたことじゃなかったの？」

「さいしょにハハにいったの」

「そうだったの。それはうれしいな」

ハハはテレビを消し、わたしのそばに来ると、わたしの頭をなでた。

わたしはわらった。チチとおなじなで方だったから。

「かしこい子だ」

と、ハハはいった。

「あ、雨の音がきこえる」

わたしはいった。

ハハは手を止め、耳をすました。

「ほんとだ。雨の音がする」

窓をあけなくても、雨がしとしととふっているのがわかった。

岩瀬成子（いわせ・じょうこ）

1950年山口県生まれ。1978年、『朝はだんだん見えてくる』で日本児童文学者協会新人賞、『「うそじゃないよ」と谷川くんはいった』で産経児童出版文化賞・小学館文学賞を受賞し、IBBYオナーリストに選出される。『ステゴザウルス』『迷い鳥とぶ』で路傍の石文学賞、2008年、『そのぬくもりはきえない』で日本児童文学者協会賞、2014年、『あたらしい子がきて』で野間児童文芸賞、2015年、『きみは知らないほうがいい』で産経児童出版文化賞大賞、2021年、『もうひとつの曲がり角』で坪田譲治文学賞を受賞。

わたし、わかんない

二〇二五年四月二十一日　第一刷発行

著　者――岩瀬《いわせ》成子《じょうこ》
装　画――酒井駒子
装　丁――岡本歌織
N.D.C.913　220p　20cm

発行者――安永尚人
発行所――株式会社講談社
東京都文京区音羽二－一二－二一
郵便番号　一一二－八〇〇一
電話――編集　〇三－五三九五－三五三五
販売　〇三－五三九五－三六二五
業務　〇三－五三九五－三六一五

KODANSHA

印刷所――共同印刷株式会社
製本所――共同印刷株式会社
本文データ制作――講談社デジタル製作

定価はカバーに表示してあります。

本書は、書きおろしです。

ISBN978-4-06-538952-2

岩瀬成子の本

「子供のころに、言葉にできなかったたくさんの気持ちが、言葉になって、ここにある。」

――江國香織氏

『マルの背中』

父と弟の理央が暮らす家を出て母と二人で生活する亜澄は、駄菓子やのおじさんから近所で評判の"幸運の猫"を預かることに。

同じ道なんだけど、ちがう時間が流れてるの

坪田譲治文学賞受賞

『もうひとつの曲がり角』

小五のわたしはふと、通ったことのない道へいってみたくなった。道のずっと先には道路にまで木の枝が伸びている家があり、白い花がちらほらと咲いて……。